U0130415

《給弟弟一點温暖》

To My Dear Brother

弟に少し暖くて

小說 · 文學 · 電影劇本

水本純　作品

A Mizumoto Jun Work

向普天下的姊姊致敬

Sincerely Dedicated To All Elder Sisters

目錄

寫在故事之前

愛，是一件很偉大的事情，它可以令世界和平，亦可以令世界戰爭。

太宏觀了！

愛其實也是一件很渺小的事，它可能只是繁囂都市擦身而過的氣流，你根本不屑去回頭望一望。

無論偉大抑或渺小，愛就是愛，非常簡單，並不複雜。

關鍵是，我們每個人對接受愛都是一個新手，不懂得如何去迎接愛，又甚顯得麻木或慌亂。

我們也羞澀去示愛，很容易面紅耳赤，半天找不到開首語，有時更害怕被別人拒絕。

Okay! No Problem! I am fine! 這些都不是示愛的詞語，但人們偏偏用它們來表達情感。

本故事包含世界上各式各樣的愛，為你做一個示範課，練習去愛與被愛，都是動人的示範，稍微實踐一下，你便會感覺到，只要有愛，就是只活半天，也會感到自己很幸福。

在你去閱讀本故事第一段之前，容許我對你說一句——我愛你。

水本純　2023 年香港

第一章：飛鷹回歸

二〇二三年繁盛依舊的香港中環，十字路口的行人交通燈轉為綠色，數以百計的路人跨着急促的步伐踏出斑馬線。左一群，右一群，好像兩軍對峙的景象。

每張面孔，又好像都埋藏着十個八個的感人故事，大概都是跟「愛」有關吧！

突然漸漸聽到蟬鳴聲由遠而近，我們來到位於新界區的一條原居民古老舊村。

村屋排列得整整齊齊，當中靠行人路旁的一間，用陽台底下，擴建成一間士多，有條理的陳列着林林種種雜貨，左右各擺放一個飲料冰櫃。

士多的中間是一扇閘，應該是通往村屋地下一層的大門。

在林林種種貨品精緻的包裝上，傳來一男一女的喧鬧聲。

男聲：「不就是兩包薄荷煙及兩瓶生力啤吧！又

不是要你的命！」

女聲：「你已記賬一年了，已記了差不多一萬元了！」

男聲是七十多歲的老街坊周伯，滄桑的面孔上有些皺紋，右手拿着一根點燃了的香煙。

女聲是士多幫工六姐，四十來歲身材圓潤的她，表情有丁點兒難為，又有丁點兒憤怒。

六姐不滿地說：「周伯，這次我真的不可以讓你再記帳，這樣的記下去，士多早晚都會被拖垮！」

周伯據理力爭道：「你要我說多少遍，我兒子月底從英國寄錢給我，到時一次過把記帳繳清，一毛錢都不欠你。」

六姐堅定地說：「你這句說話，我聽過百遍了……」

六姐話音未完，中間的大門被輕輕推開，一位看上去快五十歲的中年婦人徐徐步出來。

她外表斯文大方，似是有修養的知識分子，衣着樸實，她是士多的老闆娘丁英淑。

英淑關心地問：「六姐，什麼事那麼吵鬧？」

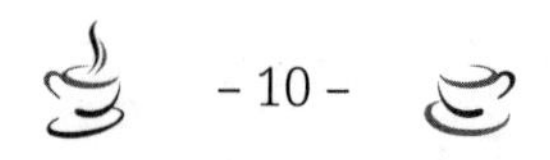

六姐埋怨地說：「周伯又要記帳。」

「老闆娘都說好了，我兒子月底從英國寄錢過來，便會清了全部記帳，六姐老是要刁難我。」周伯又據理力爭說。

六姐無奈地說道：「他……唉……」

英淑看見周伯哀求的樣子，實在於心不忍。

「大家都是老街坊，周伯都一把年紀了，你就將就他吧！好嗎？」英淑體諒地說。

六姐又無奈地說：「他真是面皮厚！」

周伯得意洋洋地雀躍起來。

「周伯，你回去吧！」英淑和藹地說。

周伯得意洋洋地說：「都是老闆娘通情達理，回去了。」

英淑及六姐目送周伯走遠。

「英淑，我都亂了，你算是善心，還是好欺負！」六姐愛理不理地說。

英淑大方地說：「算了吧，老人家真的不容易。」

突然間，「噗」地一聲，一塊約兩吋乘兩吋的天花碎片，從樓底丟到英淑身旁。

六姐詫異地說：「這星期已是第二次了！」

英淑稍退半步，有些搖頭嘆息道：「日久失修，人沒事便好了，改天找幾個師傅來大修！」

村屋地面層的大廳，英淑坐在長長的沙發上看書，對面也是一張長長的沙發，兩張沙發看起來共可讓六個成年人寬敞地坐。

大廳的另一邊是一張長方形飯桌，旁邊有六個座位。

再遠一點是一排只高到腰間的靠牆櫃，上面主要放書籍及兩個小香爐，香爐上掛着三張遺照。

靠牆櫃再高一些的牆上，懸掛着一個外表黑木質的古老吊鐘，吊陀在有韻律地左右擺動，卻好像丁點兒聲響都沒有。

靠牆櫃正正對面，是一間七呎乘九呎的小房間，估計裡面只可以擺放一張床及一個衣櫃。小房間的格調與整個大廳格格不入，應該是近年加建的。

英淑正在翻閱余華的著作《活着》，這是她第二遍看這本書，感受跟廿多年前不一樣了。畢竟，那時她是一個談戀愛的女孩子，現在她已是一個有家庭負擔的中年婦人，英淑的樣貌，跟日本女演員常盤貴子十分酷似。

古老吊鐘響了三下，「登登登」三聲把英淑由小說世界帶回現實世界，她看看腕錶，已是下午三時了。

她走到靠牆櫃前，隨便在香套中抽出三枝香，用打火機點燃，插到第一個香爐上，上面並列一男一女的中年遺照。遺照分別是她的爸爸及媽媽，廿多年前在一次交通意外中雙雙身故，當時正是她新婚後三個月。

「爸爸媽媽，希望你們在天上活得幸福。」英淑恭敬地道。

三鞠躬。

她又移了一步，再從香套抽出三枝香點燃，插到另一個香爐上，上面是她的丈夫林秀恆的遺照，剛四十歲便因工業意外死亡，英淑情深款款地說：「秀恆，請你放心，我現在跟小俊過得很幸福！」

三鞠躬。

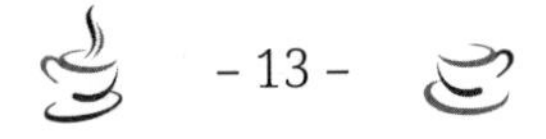

窗外的風鈴，傳來幾下「叮噹」聲，響得有點懶洋洋。

古洞官立中學，這是一所男女學校，下課鈴聲響起。

室內運動場內有兩張乒乓球桌，男生們闖進來爭先去搶佔位置。

同學們有一個不明文的規定，近門口一張是給初中生的，裡面一張則是高中生的。

初中生們是用「一二三四……」來確定打波的先後次序，「一二」號首先對壘，餘此類推。

林小俊排四號，羅志強排五號。

羅志強用肩膊碰了碰小俊說：「看來李冰喜歡你。」

「何以見得？」小俊莫名其妙地問到。

羅志強觀察入微地說：「剛才那道數學題，實在太淺易了，她也跟你請教，太露骨了！」

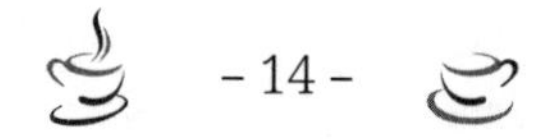

「或者她真的不曉得呢？」

「又不見她找我來問？」

「你太敏感了。」

林小俊眉清目秀，一派好學生的樣子，他是丁英淑的兒子，有點像少年的周潤發。

打乒乓球的「啪啪聲」蓋過了他們的對話。

村屋大廳，下午四時半。

小俊在飯桌上吃麵，旁邊有一小碟泡菜，英淑坐在沙發上，繼續雙手捧着《活着》在看。

英淑親切地說：「兒子，吃慢一點，不然會消化不良。」

「媽，我絕對絕對認為，辛辣麵配泡菜，簡直是絕配。」小俊幸福地說。

「嗯。」

「絕得有點像情侶。」

「嗯。」

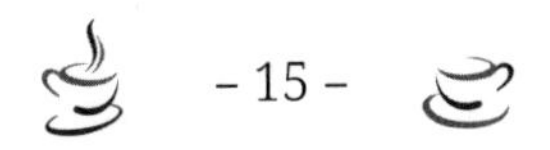

「今天老師說女權運動，是十八世紀末開始。」小俊神氣地說。

英淑把小說擱置在茶几上。

英淑追問道：「然後呢？」

「我反而覺得女權運動，對你們女性沒什麼好處。」小俊好像十分有見地地說。

英淑帶點好奇地說：「又有偉論？」

英淑用詫異的目光盯着小俊，兒子最近好像又長大了，有時會說出她也難以想像的意見。

小俊大條道理地說：「不是嗎，以前女性只在家做家務，現在男女平等，你們女性上班之後，回家還是要做家務，等於拿自己過不去。」

「歪理！」英淑清晰地回應。

「怎樣歪？」

英淑冷靜地說：「如果沒有男女平等，你外婆就沒有機會廿歲從韓國到香港遊學，也不會有機會跟你外公一見鍾情，然後結婚，然後生了我，然後我又生了你。」

小俊吃飽了，放下筷子，移步到英淑對面的沙發半

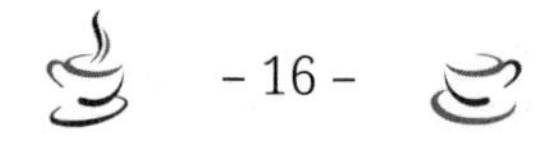

躺着，十分舒泰的樣子。

小俊轉了話題說：「我外公是丁立俊，外婆叫曹什麼？」

「曹金姬，真善忘。」

「以後會記着記着。」

「你大舅父叫什麼名字？」英淑又追問道。

「丁英明。」

「你小舅父呢？」

「丁英偉。」

英淑誇獎地說：「都對了，這才像樣。」

小俊好奇地問：「不經不覺，他失蹤也有十三年了，聽說小舅父是黑社會大哥？」

「誰跟你說的？」

「外邊的人個個都這樣說。」

「不准你再說！」英淑認真地說。

小俊神氣地說：「好像有個大名叫霧夜飛鷹？」

「還敢再說，媽把你閹了！」

「你不想抱孫嗎？」小俊打趣地說。

英淑：「——！」

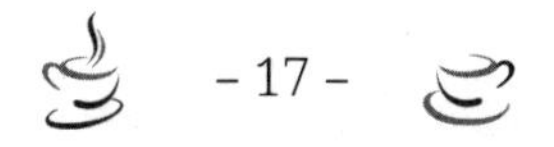

小俊「喋喋」地大笑，伏在沙發上幾乎人仰馬翻，英淑往他的小屁股上打了幾下。

英淑又有幾分愁眉深鎖，她想起弟弟英偉在十多年前，因為逃避愛情失敗而出走他方，到現在丁點兒消息也沒有，可謂生死未卜。想到英偉，她禁不住搖頭嘆息，但又忍住眼淚。

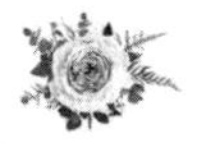  

東京成田機場登機區吸煙位置，上午九時半。

丁英偉左手放在手拖行李的拉把上，右手拿着煙在吸，面上有一條吋餘長的疤痕。

有幾個吸煙客用法語交談。

原來吸煙區也就是觀景台，可以看到有幾十輛客機在移動。

丁英偉四十餘歲，看上去還很年青。他把左手伸入外衣口袋，拿出一張紙條，很費眼力地看。上面寫着「新界古洞村……」

一陣強風吹來，把他手中的紙條吹到下邊的禁區，

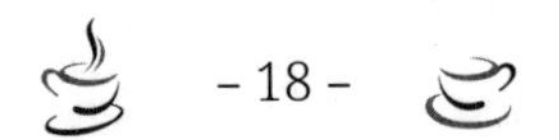

越飄越遠。

英偉焦急地自言自語：「哎吔，哎吔，古洞村多少號呢？」

機場廣播：國泰航空公司 CX826 飛往香港的航班，所有乘客請現在登機，現在登機。

他把煙蒂放到煙灰缸去，右手拖着行李，左手微微不停顫抖，雙腿一拐一拐地步向登機閘口。

看來，他的健康出現了某些問題。

第二章：光輝背後

在市區開往上水的火車上，現在是下午三時，乘客只有些微擁擠。

英淑在車廂內站着，緊握扶手，表情平淡。

她前後有三個青年人也站着，神情鬼鬼祟祟，互相打眼色，準備什麼行動似的。

有一位身材健碩的中年人在不遠看到英淑，像見熟人似的移步過來。他是杜警官，今天休息，所以身穿便服。

「喂，老闆娘。」杜警官禮貌地招呼。

「啊，杜 sir。」

列車門打開，剛才那三個人合力搶奪英淑的手袋，互相拉拉扯扯，車廂內的乘客有點混亂。

杜警官威嚴地說：「停手，警察！」

英淑鬥不過三個搶匪，不但手袋脫手，人也被推倒到一位男乘客的膝上。

三人奪門而逃。

杜警官欲追上去，但又擔心英淑的傷勢，回頭雙手把她扶起來。

杜警官關心地問：「有沒有受傷？」

英淑站穩，定一定神。

英淑驚魂未定說：「好像沒大礙。」

列車關上門，繼續向前方行駛。

英淑上上下下伸展手腳，感應一下自己的身體狀況，並向剛才那位被壓着的男乘客報以謝意。

杜警官關心地問：「要不要送你去醫院檢查一下？」

「杜 sir，我想不用了，應該沒有大礙。」

「我一定可以把那三個小混混抓回來，請你回家等我消息。」杜警官有信心地說。

英淑平靜地說：「不用麻煩你了！年青人尚有大把前途，我不想他們坐牢，由他們吧！」

杜 sir 看見英淑如此善良的心腸，便伸伸手做出同意的無奈表情。

英淑微微強笑一下。

士多外，六姐坐在凳上聽粵曲《再折長亭柳》，十分陶醉，夕陽開始西下。

不遠處，英淑正一拐一拐的走過來。

六姐見狀，立刻關掉收音機，慌忙的迎上來，她扶英淑一把，兩人慢慢往士多移步。

六姐皺着眉說：「老闆娘，為何弄成這樣？」

「不消提了，在火車上被人搶手袋，差點倒在地上，今天不知走了什麼黑運。」

「沒有去醫院檢查嗎？」

「當刻沒有大礙，到村口才痛出來，可能是扭傷左邊膝蓋。」英淑苦着面說。

六姐邊扶着英淑邊說：「慢慢來，慢慢來，要不然再拉傷便長手尾！」

兩人向大門口方向緩慢地移步。

英淑坐在大廳的沙發上，拉高左邊褲腳至膝蓋上，小俊蹲在旁邊，像跟她膝蓋上像是塗什麼藥油似的。

小俊期待地說：「媽，有什麼感覺？」

「啊……，很冰凍很舒服，這是什麼藥油？」英淑微笑地說。

小俊神氣地說：「這是安美露，日本出品的，什麼什麼跌打酒，現在都 out 了！」

英淑看到兒子懂事了，有點甜在心頭說：「呀！是安美露，兒子長大了！」

外邊傳來六姐的叫喊聲。

六姐雀躍地說：「英淑，快點出來，快點出來，英偉回來了，回來了！」

英淑以為在做夢，毅然站起來。

英淑興奮地道：「英偉？英偉？是你小舅父！」

英淑跑到大門口，小俊緊隨其後。

英淑站在三級台階之前停下來，她向前看，約五十米遠處外，站着兩個男子的身影，在黃昏的斜陽下，兩人背着陽光，身影被拉得長長的，卻看不清模樣。

英淑感到視線模糊，但又不禁激動起來。

英淑疑惑地叫：「是英偉嗎？」

英淑用右手遮擋一下耀眼的斜陽。

五秒都沒有回應。

右邊的男子喊道：「他認不了路，我們便把他帶過來！」

英淑問道：「是村長嗎？」

那人正是村長。

村長大聲回應：「對，我回去了！」

村長移步走遠，另一身影仍呆呆地站着，隱約看到他身邊有兩喼行李。

「是英偉嗎？你是英偉……」英淑仍疑惑地問。

身影激動地說：「姊姊……」

真的是英偉，一把英淑熟悉而又期盼已久的聲音。

英淑一拐一拐的步下台階，面上十分興奮。

英淑百感交集地叫：「英偉，我的弟弟……」

小俊及六姐仍用手遮擋斜陽。

英偉也激動地說：「姊姊，我是英偉，丁英偉……」

英淑與英偉互相迎面奔往對方，兩人都是一拐一拐的，時間突然過得很慢很慢，五十米又似很長很長。

英淑把英偉緊緊抱在懷內。

「弟弟，弟弟，你終於都回來了……」

英偉也把英淑大力地深深地抱着，這一抱，彷彿有半個世紀長。

英偉滴着淚說：「姊姊，姊姊，我回來了，回來了……」

英淑忍住淚，嗅到英偉身上熟悉的古龍水味，對，沒錯，自己抱着的就是弟弟。

「姊姊，真的對不起，對不起！」英偉心痛地哭說。

英淑的淚一滴一滴地流下，仍緊抱着弟弟。

「弟弟，回來就好了，回來就好了！」

「姊……」

英偉也流淚，由小淚變大淚，兩人緊抱，兩個身影在夕照下，被拉得長長的，很長很長。

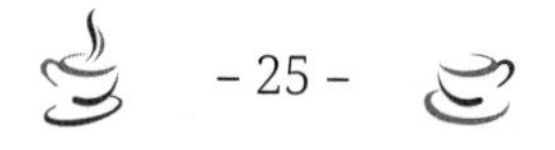

小俊好奇地問：「是我的小舅父！？」

六姐堅定地說：「肯定是。」

古老大吊鐘指着七時，「登登」響了七下。

飯桌旁坐着英淑、英偉、小俊，還有六姐，四人共用晚餐。

飯桌上放了三款菜。

英淑温文地說：「不好意思，不知道你今天回來，所以只有三道菜。」

英淑為英偉添菜，他微笑感謝。

英偉感恩地說：「不打緊，家鄉菜，家鄉菜好味道。」

小俊熱情地說：「小舅父，我也為你添菜，這個菜心炒魚片，是媽媽的拿手菜。」

英偉：「謝謝，謝謝，小俊，十四歲了？」

「是的，初中二年級了。」

六姐裝作小器地說：「你們一家人把菜添來添去，

知不知道我就算多大方，也是會吃醋的。」

英偉笑說：「收到，我也為你添塊最大塊的魚片。」

英偉面帶微笑為六姐添菜，動作看似有點不順暢。

六姐喜悅地說：「這才差不多！」

各人吃飯，靜止了五秒。

突然「啪」的一聲，天花丟下一塊兩吋大的碎片，丟到沒有人坐的那一邊，還濺起了少許灰塵。

英偉仰着看，天花上是花斑斑的，可能已丟了很多次碎片。

「啊！不只是第一次，經常這樣？」英偉關心地問道。

英淑強笑地說：「這屋子都三十年了，要找師傅修葺修葺了！」

英偉神氣地說：「不用找師傅，我來修補便可以了，改天吧！」

又靜了五秒，又丟下一塊小碎片。

四人互望，各人也忍不住笑起來。

小俊天真地說：「小舅父，我有一個秘密想告訴

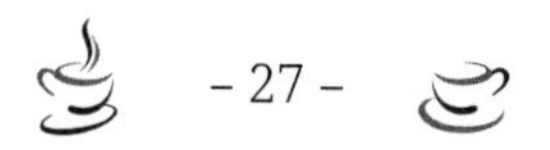

你，你現在坐的位置，是我平常坐慣的！」

「小朋友，我也有一個秘密告訴你，我已作了一個決定，明天我們就對調位置。」英偉微笑回應。

小俊淘氣地說：「給我一點時間，可以考慮一下，不過我對你的印象如何，還是要多觀察。」

「你大人不計小人過！」英偉打趣回應。

小俊留意到英偉對左手，由一坐下來便不停地顫抖。

英淑也打趣地說：「小朋友，你舅父對你的印象如何，他也要觀察一下。」

「媽，別的我不知，我就知道，無論發生什麼事，我在你心中的重要地位，小舅父是沒法可以取代的！」小俊天真及有朝氣地說。

英淑說：「那麼有信心？」

「你們的對白有點肉麻，毛管都豎起來！」六姐噁心地說。

又靜止了五秒。

小俊向英偉問：「小舅父，我想問你一個問題。」

英偉大方地說：「只要不是數學題，便可以隨便問！」

小俊扮神秘地說：「你……，你……，你是不是霧夜飛鷹？」

英偉望一望英淑，她沒有什麼大反應。

英偉裝作不明白道：「什麼，什麼飛鷹？」

「霧夜飛鷹！」

「不是，也沒有聽過。」英偉簡單地地說。

四人繼續吃飯。

村口超記酒家，上午十時半，沒有什麼客人。英偉坐在一張八人大枱旁邊，同桌的還有傻榮、肥華、班馬及細明，都是以前跟他一個團伙的。

驟眼看上去，他們都大約六十歲了。

桌上沒有菜，只有一碟花生及兩瓶生力啤，各人的杯中都有啤酒。

看上去，好像傻榮的資歷高一點，他興奮地猛力拍打一下桌面。

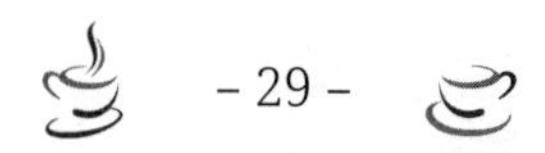

「霧夜飛鷹終於回來了！」傻榮興奮地開腔說。

英偉平淡地說：「還提那些舊事幹啥？」

傻榮想當年地說：「舊事？想當年我們永泰所有手足跟着英哥出生入死，雄霸整個上水，多風光呀！」

英偉說：「這十幾年我不在，你們不是也很好嗎！」

傻榮訴苦地說：「好？我們好像隻烏龜那樣縮進殼裡面，我開小巴，肥華跟車送貨，班馬做侍應，細明做地盤工，我們等了十多年，就是要等這一天。」

四人同意地點頭。

英偉平靜地說：「那又怎樣？」

「我們好像越王勾踐，臥薪嘗膽，等等等，就是等你回來，重組永泰。」傻榮七情上面地說。

英偉大方地說：「我沒有做大哥很久了，都什麼年代了，前一句永泰，後一句永泰，中國太空人已經在月球漫步了。」

「我們生下來就是江湖人，一生都改不了，也不會改。」傻榮揮舞着右手說。

英偉慎重地回應說：「這不是兒戲，我要考慮一下。」

班馬留意到英偉的左手不停在顫抖。

班馬好奇地問：「英哥，你的手啥事。」

英偉想一想，自己也莫名其妙，便大方地說：「神經衰弱唄。」

傻榮開懷地說：「不用多說，我們久別重逢，飲杯！」

眾人：「飲杯！」

各人互碰啤酒杯，熱鬧收場。

村屋大廳，星期日上午十時，有一只天花燈壞了，靈位的位置有些暗。

小俊在飯桌上做家課，桌子上是三幾本初中教科書，他做得聚精會神。

英淑坐在沙發上悠閒地看書。

今天外邊有點不大不小的風在吹，風鈴被吹得「叮叮」聲，但不煩人。

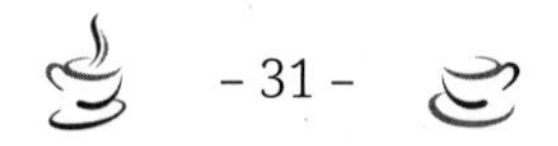

英偉站在靠牆櫃前，他抽出三枝香，點燃了，插到香爐去，恭敬地祭拜父母。

他凝視父母的遺照，在「叮叮」聲中，腦海翻起一段舊事……

靈堂裡，父母喪禮。

靈位是父母的遺照，上邊有一幅橫匾寫着「親恩永懷」。

時英偉才廿來歲，他跟英淑、大哥英明及大嫂穿着孝子服，坐在主家位置，手上接疊衣紙。

有時跟來賓家屬謝禮。

一群惡漢手持武器衝入來，見人就打，又搗亂父母的靈位，場面一片混亂。

他們有幾個向英偉及家人襲擊。

英偉徒手保護家人，幾次被痛擊。

傻榮及班馬等人協助英偉反擊。

靈位已被破壞得殘破不堪，兩張遺照倒下，上面的玻璃破裂粉碎。

惡漢紛紛離開。

英淑呆坐在地上，不停在飲泣。

英偉面色帶有遺憾。

他又抽出三枝香，點燃了，向姊夫林秀恆的靈位拜祭。

他凝視秀恆遺照，在風鈴「叮叮」聲中，腦海裡又翻起一段舊事……

天主教禮堂，英淑及秀恆穿着結婚服，在行禮。

眾親友歡呼地拍掌，並向新人撒彩色紙碎，一片喜洋洋。

一群惡漢手持武器衝入來，見人就打，大肆破壞，場面一片混亂。

他們向英偉及家人襲擊。

英偉保護家人。

傻榮及班馬等人協助反擊。

英淑穿着婚紗又驚又哭，被推倒在地上。

英偉面上被刀劃了一下，血流如注。

他用手巾掩住傷口。

惡漢們又紛紛跑去了。

英偉用手摸一摸面上的疤痕，覺得有點婉惜，強忍眼淚。

「英偉，過來坐一會。」英淑温文地說。

英偉回過神來說：「啊——啊——，是的。」

英偉移步至英淑對面的沙發坐下來，有點戰戰兢兢。

英淑說：「跟姊聊一會兒。」

「好！」英偉微笑地回。

小俊分神，豎起小耳朵。

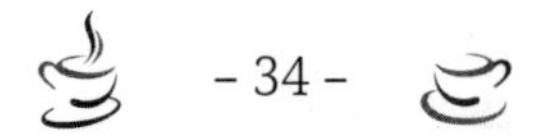

英淑期待地說：「這些年，你到了哪裡跑？」

「好像是日本，日本的青森縣。」英偉不肯定地說。

「好像——？」英淑想了想，似有點兒難以置信的。

英偉思考着說：「是，好像是，記憶有點模糊，最近的事，都記不起了，腦袋好像被掏空了。」

「你左手不停顫抖，跟記憶差有沒有關係？」

「這個我也不知道。」英偉摸着自己的頭說。

「發生了多久？」

「好像，好像約有一個月，不是，是，是，幾星期吧。」

英淑擔憂地皺一皺眉，好奇地問：「有沒有看醫生？」

英偉交代地說：「打算回來才看。」

此時，六姐推門而入，手持電燈泡及長梯進來。

六姐神氣地說：「換電燈泡。」

英偉搶來電燈泡及長梯。

英偉大方地說：「這些重任，由我們男士來幹。」

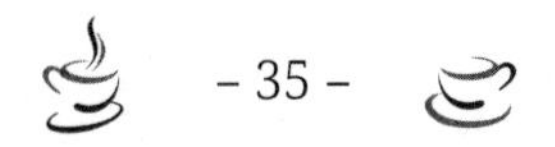

六姐簡短地說：「遵命。」

英偉走到壞燈泡下。

「你行嗎？」英淑擔心地問。

「小事一樁！」

英偉欲爬上梯，手震腳震，感到有點力不從心，勉強爬上一級，但支撐不住退回地面。

英淑、六姐及小俊跑過來用手穩住長梯。

「可以由六姐來換。」英淑關心地說。

英偉一鼓作氣爬到最高一級，雙腳已不停顫抖。

小俊肉緊地說：「小舅父，小心點，慢慢來。」

英偉站不穩，連人帶燈泡倒下來，他「啪」一聲倒在地上，身子動也不動。

英淑俯身推推英偉身軀。

英淑及六姐緊張地叫：「英偉。」

「小舅父。」小俊也千鈞一髮地叫嚷。

英淑推了英偉的身子幾下，一點反應也沒有，便焦急地說：「出事了，快叫救護車，快叫救護車，叫救護車。」

第三章：無家可歸

政府醫院病房，下午時份。

英偉臥在病床上睡得很甜，額頭上貼了一塊止血膠布。

英淑坐在床邊的椅子上，雙眼盯着英偉，面容有點哀愁，又有點婉惜。

她坐起來彎下身子，將蓋着英偉的毛氈往他頸上拉上，動作是輕輕的。

一位護士放輕腳步走到英淑身旁。

護士低聲地說：「他吃了有睡意的藥，讓他好好的睡一會兒！」

英淑點頭示意明白，護士又輕步走遠。

英淑沉思：「稍為安頓下來，又發生這種意外，唉，我連上天對你好還是不好，也分不清楚了。」

她想起醫生剛才在診症室，醫生陳述英偉的病況的對話。

醫生專業地說：「很不幸，丁英偉先生患了柏金遜病，俗稱老人癡呆，他會四肢無力，記憶力衰退，面部表情呆滯，脾氣會容易暴躁。」

英淑愕然地說：「他才四十六歲！」

「不奇怪，有時更年輕一點，有人三十歲也會患這個病。」

「有生命危險嗎？」

醫生詳細解釋道：「應該不會，不過他的肝酵素也很高，診斷是中期肝硬化，即是肝排毒功能下降，調理不好，人會肝中毒，會產生不同幻覺，有時會癡癡呆呆，胡言亂語。」

英淑失神地重複問：「有生命危險嗎？」

「短期內不會，若處理不好，便要接受肝臟移植手術。」

「日常飲食有什麼要注意？」英淑關心地問。

醫生強調地說：「避免吃煎炸的，太刺激的，最重

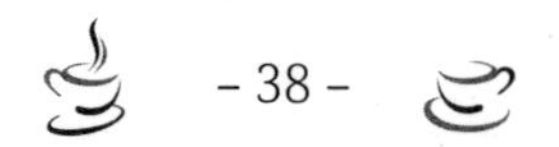

要是戒煙戒酒。」

英淑凝望着英偉，忍不住流淚飲泣，輕輕握住他的手。

英偉仍然在熟睡中。

大廳的古老吊鐘指在下午四時半，外邊正下着大雨。

英淑跟穿着校服的小俊，在飯桌一邊並排而坐，打對面坐着是一個禿頭中年，後邊站着三個五十來歲的惡漢。

空氣中瀰漫一片凝重的氣氛，禿頭中年是大哥雄，他面色兇狠，看來是來者不善。

「跟我叫霧夜飛鷹出來！」大哥雄威武地說

英淑神態自若地說：「你找他有事嗎？」

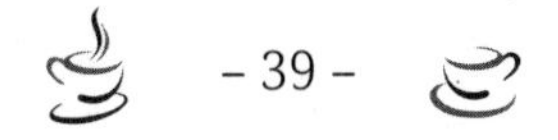

大哥雄微微舉起右手，可以看到他手掌的大拇指少了一截，他痛恨地說：「十五年前，他斬了我一截手指，今天我來，是要他還給我，他人呢？」

英淑愛理不理地說：「他在醫院，快要病死了！」

「他犯了什麼病？」大哥雄疑惑地問。

英淑沉着地說：「這是私隱！」

大哥雄不相信地說：「哈哈哈哈，私隱？是不是怕我來找他算帳，所以躲起來了？霧夜飛鷹什麼時候變了懦夫？」

小俊眼神有點困惑，英淑沒有回應。

沉默了幾秒。

「我今天不會空手回去。」大哥雄盯了一盯小俊，然後說：「你是他什麼人？」

小俊呆住了說：「我是霧夜飛鷹的外甥。」

「斬他的手指！」大哥雄向另外三個人發號施令說。

英淑想站起來護小俊，小俊有點慌亂及害怕。

兩個惡漢趨前，一個按着英淑，要她坐下，另一個狠狠地將小俊的手掌按住，第三個人抽出一把十五吋長的利刀。

小俊哀求道：「不要斬！」

英淑面色慌張起來說：「不可以傷害我兒子！」

大哥雄大聲呼叫地說：「幫我狠狠地斬掉他的大拇指。」

小俊用猛力想把手縮回來，英淑神情焦急，奈何動彈不得。

持刀的男子想用刀試探一下小俊拇指的位置，幾次也沒有信心下刀，看來手勢有點生硬。

大哥雄看不順眼，有點生氣，威武地說：「都大半天了，斬！」

持刀男子再試一兩次，看準了，準備手起刀落。

大哥雄突然急叫：「停！」

大哥雄突然喝止，刀停在半空。

大哥雄有骨氣地說：「差點忘記了，黑社會是不會欺負小孩子的。」

小俊急忙把手縮回去，英淑鬆了一口氣。

大哥雄瞄一瞄英淑，說：「你是他什麼人？」

英淑說：「姊姊。」

「斬她，斬她的大拇指！」大哥雄又作出命令。

英淑的手掌被按到桌面去。

小俊焦慮地說：「不要，不要斬我媽！」

英淑此刻才慌惶。

刀手又戰戰兢兢地試了兩三次，神色一樣有點慌亂，這次試準了，要手起刀落。

大哥雄突然又急叫：「停！」

大哥雄又喝止，刀停在半空。

「差點忘記了，黑社會是不會欺負女人的！」大哥雄又有江湖規矩地說。

英淑急忙伸回手掌，刀手亦把刀移開。

大哥雄失望地說：「算了算了，這筆帳看來追不回來了，禍不及家人，霧夜飛鷹走運，我這截大拇指就當是白白犧牲了，江湖事江湖了，放開他們！」

另外兩個人鬆開手，移步站回原位！

外邊有人敲門。

眾人神色凝重。

英淑說：「是誰？」

「能進來嗎？」外邊傳來杜警長的聲音。

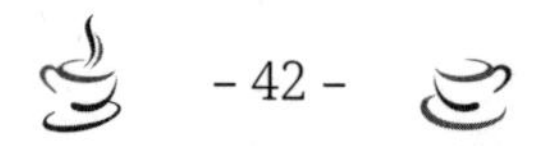

英淑沉實地回道：「進來吧！」

杜警長跟另外兩位軍裝警員推開大門。

杜警長關心地問：「老闆娘，有事要幫忙嗎？」

英淑及小俊互望，沒有回應。

杜警長威嚴地說：「大哥雄，你們在這裡幹啥？」

大哥雄故作鎮靜，也沒有回應。

英淑想了想，靈機一觸說：「朋友聚舊。」

大哥雄附和說：「是，是，是朋友聚舊！」

大哥雄及三位惡漢強顏歡笑。

杜警長看到刀手手持大刀在顫抖。

杜警長懷疑地問：「朋友聚舊，要出動到長刀嗎？」

大哥雄見桌上放了一個大西瓜，立刻急中生智地說：「用來切西瓜的，切西瓜的。」

英淑也附和道：「是，切西瓜的。」

杜警長嚴厲地說：「大哥雄，我警告你，別在這條村生事。」

「明白，明白，長官。」

杜警長尊重地說：「老闆娘，沒事我便走了。」

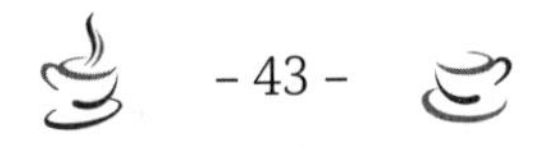

「沒事！」

杜警長再瞄一瞄大廳環境，便與另外兩位警員關上門出去了。

眾人鬆一口氣。

大哥雄厚着顏說：「老闆娘，如果沒事，我們也走了。」

英淑神情嚴肅，提起面胦。

英淑突然大叫：「有事！」

大哥雄被嚇破膽地說：「什麼事？」

大哥雄等驚愕。

「沒走得那麼容易，你們幫我辦一件事。」英淑神氣地說。

「什麼事？」大哥雄像個洩了氣的氣球說。

英淑威風地說：「霧夜飛鷹行動不便，我想他搬到地面這個小房間，你們先把裡面的存貨幫我搬到外邊。」

小房間原來是小倉庫，裡面堆滿了可樂、朱古力、餅乾及各式貨品。

大哥雄探頭過去望一望，便向三個惡漢呼喝。

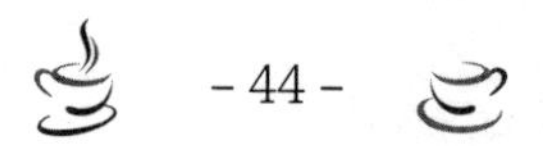

大哥雄鬆一口氣說：「過來幫忙搬，不要站着發呆！」

四人搬東西。

小俊差點笑了出來。

英淑神態自若地在指揮。

高速公路上，的士在穩快的向前駛。

英淑及英偉坐在後座。

英偉細看手上的金屬拐杖，平淡地說：「就這麼一枝拐杖，值千多元嗎？」

英淑平淡地說：「這個年頭，什麼都在漲價。」

「來生，我也開廠生產拐扙，好利潤。」

「那麼貪心，今生都只過了一半，便盼有來生？」英淑打趣地說。

「說的也是，今生我有你這個姊姊，照顧得太好了，值！」英偉幸福地說。

「別賣口乖，醫生說，你今生要戒煙戒酒！」

英偉疑惑地說：「戒煙戒酒，戒得來嗎？」

英淑堅決地說：「戒不來也要戒。」

大廳吊鐘指着下午五點。

小俊如常坐在飯桌上做家課。

英淑及英偉各坐在沙發上，英偉手中持煙。

「醫生還說了什麼？」英偉焦急地問。

「他說你面部會有繃緊情況，會表情呆滯。」

英偉不相信地說：「我表情呆滯？」

小俊分神望過來，便鬼馬地說：「我們可以來個測試！」

英偉問：「怎麼樣測試？」

小俊跑了過來，用手指指着英偉。

小俊期待地說：「做一個中六合彩的表情。」

英偉放煙到煙灰缸，誇大喜悅地笑，還讓身體作出得意洋洋的動作。

英淑差點笑死了。

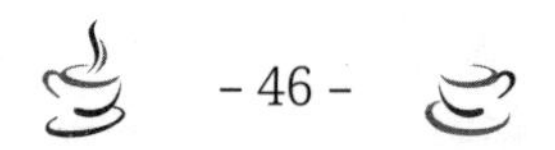

小俊又神氣地說：「做一個愛國戰士的。」

英偉雄抖抖起來，面色沉着，雙眼瞧天，還做了一個雷鋒招牌手勢。

英淑笑到氣喘。

小俊又說：「哭泣。」

英偉苦起臉口，扮小孩在哭，雙手在眼前轉小圈。

英淑透不過氣。

小俊說：「超人迪加。」

英偉又精神抖抖，面露要殺怪獸的表情，兩隻手打十字。

英淑笑到不停拍打沙發，幾乎來一個人仰馬翻。

小俊也笑得合不起口來。

英偉笑着問：「怎麼樣！值多少分？」

「我給你打八十九分。」小俊豎起大拇指說。

英淑笑到氣咳，用手拍打胸口。

有人推開大門，進門的是大哥英明及大嫂。

英偉回復正經地站起來說：「大哥大嫂！」

「我去倒茶！」英淑邊說邊想入廚房。

英明平淡地說：「不用了，我只是坐幾分鐘！」

英明望一望小俊。

小俊乖巧地說：「我上房做功課。」

小俊收拾功課出去上樓。

英明雖然是父母領養回來的，但英淑及英偉一直很尊重這位大哥。

見小俊離開後，英明說：「都過來坐！」

四人在飯桌上旁坐下，由始至終大嫂沒發一言，英明表情帶點嚴肅。

英明冷漠地說：「回來大概有一星期了？」

英偉簡短地回應：「是的。」

英明不滿地說：「你剛回來，便弄到烏煙瘴氣。」

英偉慌忙熄掉手上的煙。

「是嗎？」英偉失神地說。

英明生氣地說：「聽說，永泰那些小混混找過你！」

英偉思考了一下，皺一皺眉，又思考地說：「好像是。」

「你有什麼打算？」

「沒有什麼打算。」

英明理直氣壯地說：「你最好遠離那些小混混，現在是關鍵時期，董事局正在考慮將我升至CEO，如果讓外邊人知道，我有一個做社團的弟弟，肯定會帶來負面影響。」

英偉垂下頭說：「大哥，這次我不會再行差踏錯，不會為你添麻煩。」

英明神氣地說：「你懂就好了，你最好不要待在這屋裡，你搬出去住，租金由我繳付。」

英淑沉不住氣站起來說：「憑什麼！這間丁屋本來就是英偉的，他現在病到五顏六色，行路都靠拐杖，最需要安心養病！大哥，你憑什麼要英偉搬出去。」

英偉吞了一下口水，大嫂垂下頭沒有作聲。

英明用力拍打桌面一下。

英明發脾氣地說：「如果出了事，CEO泡湯，你們沒有一個人夠資格負責！」

「負責？這個是英偉的家，他現在最需要家人照顧，沒有人有資格要他搬走。」英淑含淚堅持地說。

英明果斷地說：「我不是來跟你們討論，而是告訴你們我的期望，明白沒有？」

「大哥，我考慮一下！」英偉誠懇地說。

英明站起來說：「我要說的話已說完，我先告辭，老婆，走！」

英明及大嫂站起來。

英偉垂下頭

英淑是是兩大串眼淚。

晚上，下着大雷雨，整個村屋區都在雨濛濛，房屋默默地守護着屋裡的人。

夜街燈，在夜雨中若明若暗。

又是，英淑在看書，小俊在做功課。

突然，打了幾下大雷電。

英淑失神地拍拍胸口說：「那麼大雨，還有閃電，真教人叫怕！」

外邊傳來六姐焦急的叫喊聲！

六姐大聲叫嚷：「英淑，快點出來，英偉癲了，他在發瘋！」

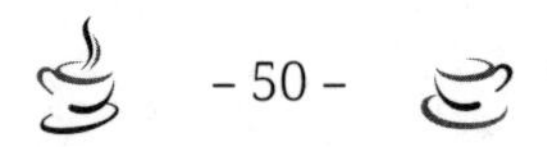

英淑立刻打開大門，小俊跟着上來。

黑暗中，雨大至密密麻麻，不讓人呼吸似的，英偉手持拐杖，在那天回來那個點向天狂吼。

不遠處正傳來老鷹樂隊的名曲 Desperado。

Desperado《亡命之徒》部分歌詞節錄：

「Desperado

亡命之徒

Why don’t you come to your sences

你為何不清醒過來

You’ve been out riding fences so long now

你已經留在執着了這麼久

Oh, you’re a hard one

噢，你是一個難應付的人

But I know that you’ve got your reasons

但我知道你的理由

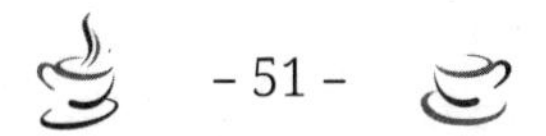

These things are pleasing you

這些東西讓你高興

Can hurt you somehow

也能這樣地傷害你……

Open the gate

打開心中大門

It may be raining

可能會下雨

But here's a rainbow above you

但頭上有一道彩虹

You better let somebody love you

你最好讓別人關心你

You better let somebody love you

你最好讓別人喜歡你

Before it's too late

以免為時已晚」

（梅艷芳曾以此旋律演唱廣東歌，歌名是《不如不見》。）

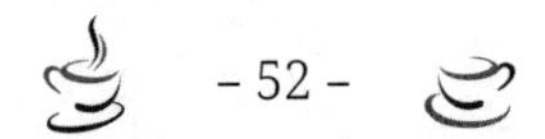

英偉向天上大聲叫：「天呀！你有沒有天眼，我只是一個平凡人，你何必捉弄我。是，我是黑社會……」

英淑站在士多前，看不清視野，有點焦急。

英偉怒吼地叫：「但是我有原則，與人為善。我沒有殺一個人，沒有賣一克白粉，沒有放高利貸，沒有迫一個女人做娼……」

英淑擔心地叫：「英偉，又大雨又閃電，很危險，你快回來吧，你快回來吧！」

英偉好像聽不到似的。

英偉痛心地叫：「天呀！我幫了不少人，也救了不少人，天呀！你是盲的嗎？你看不到嗎……」

小俊焦急地說：「媽，真是小舅父。」

英淑不顧一切，在大雨中一拐一拐地奔向英偉。

英淑哭着說：「英偉，英偉，你不要嚇姊姊。」

她緊抱着英偉，兩人站不穩腳，都跌坐在地上。

拐杖跌倒到另一邊，「啪」一聲濺起水花。

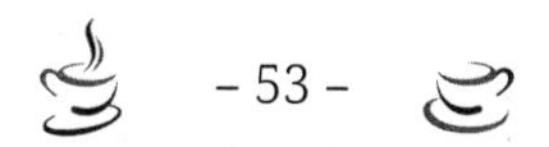

小俊站在簷底下哭起來。

英偉望一望英淑，又仰天狂叫：「你為何給我這個怪病，生不得死不得，我撐，我仍撐下去，你，又要我有家歸不得，無家可歸，無家可歸……」

英淑愛護地說：「英偉，你聽姊姊說，姊會保護你，愛錫你，沒有人可以傷害你，姊的家就是你的家！」

英偉苦望一下英淑，伏在她的肩膊上飲泣起來。

又打一下大雷電。

小俊跑來，蹲下來抱着兩人。

小俊哭着說：「小舅父，媽媽，我很害怕！」

三人擁着痛哭。

遠處的六姐也哭起來，用手掩住口又再哭個不停。

雨聲雷聲閃電更厲害。

第四章：穿腸之物

（由此點開始，英偉必然是左手顫抖，行路用拐杖）

古老吊鐘指着晚上九點，英淑、英偉及小俊各自坐在沙發上，各人的身上都披着一條大毛巾。

三人輪流打了一個大噴嚏。

三人對望傻笑。

「咦！雨好像停不下來？」英偉探頭看窗外說。

小俊定神後說：「剛才你兩個，差點給打雷打個正面。」

英淑責備地說：「英偉，你以後也不要這樣傻瓜，差點兒把姊姊嚇破膽了，多危險。」

英偉有點悔意。

「放心吧，保證沒有第二回。」英偉強笑地說。

此時，六姐右手端着一杯水，左手捧着三粒橙色的藥丸走過來。

「每人食一粒傷風藥，不然會傷風感冒，來，誰先吃？」六姐關切地說。

英偉似乎有理地說：「當然是由小的開始。」

「那等於我吃最後，你們兩個聯合來欺負我。」英淑裝作小器地說。

小俊反建議地說：「要不然，由大的開始先吃，我們很大方，孔融讓梨。」

英淑好奇地問：「這樣做才對，六姐，怎麼只得一杯水？」

「你們三個人一家人，那用計較，快點吃吧，提了這麼久，我的手也開始發抖了。」

「對，我先吃吧！」小俊大方地說。

小俊吃了藥，喝了一口水。

英淑突然地說：「那我也不客氣了！」

英淑吃了藥，喝了一口水。

英偉故作小器說：「怎麼是我吃最後？被兩母子欺負了。」

英偉吃了藥，把水喝光。

「要吃你倆的口水尾！」英偉投訴地說。

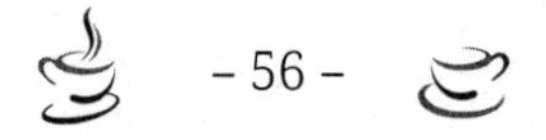

六姐拿着杯走開，面露滿意的笑容。

六姐神氣地說：「大功告成！」

小俊關心地說：「吃完藥，歇一會兒，小舅父，你早點到房間去休息！」

英偉轉話題說：「說回來，我那個小房間安排得很窩心，有效率！」

英淑聽罷，有一種放下心頭大石的感覺。

「都是六姐勤快，還有大哥雄一伙人幫手！」英淑寬容地說。

英偉詫異地問道：「哪個大哥雄？」

小俊神秘地說：「十幾年前，被你斬去大拇指那個！」

「好像沒有印象！」英偉沒頭緒地說。

小俊矛盾地說：「他好像很凶猛，又好像有點溫文！」

英偉嚴肅地說：「不要跟那些人交往，免你大舅父……」

英淑微微誇張咳了一聲，示意終止此話題，卻沒有一聲響。

士多外，上午時份。

六姐坐在沙發上，手持結他及唱歌，她唱的是王琪近期火紅作品《可可托海的牧羊人》，差不到唱到尾段。

六姐嘴邊哼起歌：「帳房外又有駝鈴聲聲響起，我知道那個一定不是你……」

不知什麼時候，原來英偉已站在門外聆聽，他熱烈地鼓掌。

「唷，果然寶刀未老！」英偉誇獎道。

六姐將結他輕輕擱置在一旁，面上流下幾滴眼淚。

「怎麼事，想兒子了！？」英偉關心地說。

六姐感觸地說：「紐約現在應該是下雪了！」

英偉輕輕撫拍六姐肩膊。

英偉慨嘆地說：「留學真不容易！」

六姐懊悔地說：「我能支持他的很有限，暑假跟寒假他也要打工幫補學費，三年沒有見面了！」

「傻瓜，都什麼年代了，可以用手機視像通話唄！」英偉安慰她及指着手機說。

六姐微笑地說：「拜託科技發達，要不然，我連他瘦了胖了也不知道。」

英偉在另外一張凳子坐下來。

「瘦了胖了？管他的，只要身體健康就是了。」英偉真心地說。

英偉伸手拿起結他，隨便地彈奏幾個碎音。

「你左手現在不震抖？」六姐關心地問。

英偉笑着說：「精神集中便不抖，好，來一段卡門。」

「好，很好聽的。」六姐贊成地說。

英偉彈《卡門》彈了三十秒，有點滿意自己仍能奏結他的表現，六姐也鼓掌。

「還行，還行，來一段 Yesterday 怎麼樣，我彈你唱。」英偉滿意地說。

六姐點頭，英偉彈前奏，示意六姐開口。

六姐唱起來：「Yesterday, all my troubles seemed so far away……」

唱了約三十秒，一位中年婦人站在他們面前，她是炳嫂。

六姐停了唱歌，結他聲也停了。

六姐招呼地說：「炳嫂，要買什麼？」

「十公斤裝的絲苗米。」炳嫂平淡地說。

「還要什麼？」

炳嫂低聲地問道：「就只買米，六姐，可以記帳嗎？」

「可以，可以，家裡怎麼了？」六姐毫不思考及爽快地回。

炳嫂面有淚光地說：「阿炳沒工開一個月，家裡缺錢，大的可以不吃，小的不能沒米到肚。」

「多拿兩只冰鮮雞吧，小孩子發育需要蛋白質。」六姐豪氣地說。

六姐把米及雞都放在膠袋內。

炳嫂不停點頭致謝說：「多謝你，多謝你，你們真善心！」

「不用謝我，謝老闆娘吧！」六姐拍拍炳嫂肩膊說。

「都多謝！」炳嫂邊走邊說。

炳嫂感恩地拿着東西走遠。

英偉放下結他，有點摸不着頭腦。

「這士多，快成了善堂了！」英偉無奈地說。

「這是配合你姊的作風。」

英偉苦笑搖了搖頭，無語。

古老吊鐘指着上午十一時。

大廳內，小俊及英淑在沙發上對坐。

小俊捧着一碟車厘子（櫻桃）吃個不停，一派幸福的樣子。

英淑大腿上放了一個月餅盒似的東西，裡面是丈夫秀恆生前寫給他的情詩。

英淑拿起其中一張細看。

秀恆的畫外音：我是唯一可以牽着你的手走路的人，你是唯一可以牽着我的手走路的人！

英淑感到甜詩詩，又拿起另一張看。

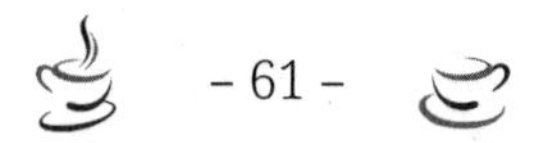

秀恆的畫外音：你吻了我，我吻了你，一萬年也難以盡道，這短暫的永恆！

英淑沉溺在溫馨的幻想世界。

Libertango（自由探戈）的音樂響起，是意裔阿根庭作曲家 Astor Piazzolla 的作品。

英淑及秀恆都穿着傳統探戈舞服，情深凝望着對方，然後起舞，舞姿美曼，溫馨感人，亦十分賞心悅目，兩人都面帶幸福的表情。

一分鐘的音樂停了，兩人擺了一個完結的 Post。

英淑幻夢完結，見小俊正拿起一張詩紙。

小俊用心頌讀：「廟裡有個僧，鐵柱磨成針，佳人約黃氏，情深未敢吻！媽，這裡佳人約黃氏是什麼意思？」

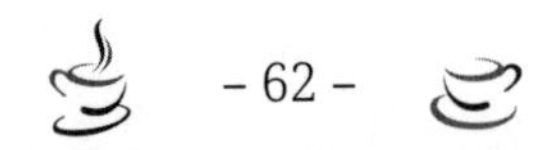

小俊將詩紙遞給英淑。

英淑思考着說：「黃氏？啊！是黃昏才對，全句是佳人約黃昏。」

小俊笑到彈起來。

小俊趣怪地說：「啊！佳人約黃昏，爸爸是怎麼了，連這個淺易的字也寫錯。」

「你爸常常執筆忘字。」

小俊隨便批評說：「初中未畢業，就是這種材料。」

小俊挑皮地笑。

英淑責備說：「不許這樣笑你爸，沒禮貌！」

小俊移過來，依偎在英淑的肩膊，英淑用手撫摸他的小頭。

小俊懂事地說：「說笑而矣，媽，我感到我很幸福！」

「小俊知道嗎？媽媽一生人最幸福是兩件事，第一是跟你爸相戀，第二是看着你健康成長。」英淑眼濕濕地說。

小俊好奇地問：「媽，你大學主修英文，副修韓文日文，你畢業之後，為什麼不踏入社會，做一個女強人？」

英淑愛理不理地說：「我踏入社會，誰來看守這士多？」

「假話，你是為了照顧我……」小俊也神氣地說。

英淑故作愛理不理地說：「唷，你真的以為自己那麼重要嗎？」

兩人哈哈笑摟作一團。

村口超記酒家，上午十一時半，沒什麼客人。

英偉、傻榮、肥華、班馬及細明，又坐在那天的八人大檯旁邊。

桌上沒有菜，只有兩瓶生力啤。

英偉猛地吸了一口煙，然後熄在缸上。

英偉鄭重地說：「這是我人生最後一口煙，我宣布戒煙。」其他四人拍掌。

英偉又堅決地說：「我想通了，不要再重組永泰！」

「為什麼？」傻榮不理解地問道。

「大家都一把年紀了，就看我，手也控制不來了。」英偉實事求是地說。

英偉左手又是不停地顫抖。

英偉認真地說：「你們看！失禮死人！」

英偉站起來，他拿着拐杖走了一個小圈，特意要自己走到一跛一跛的，十分吃力。

英偉生氣地說：「我現在就連走路都一跛一跛的，怎麼有能耐打鬥！」

其他四人垂下頭。

「英哥，那算了嗎，大家都尊重你的意見，就當沒有說過。」傻榮點頭說。

其他三人和議。

英偉冷靜地說：「就是嘛，要思退了，你們回去，娶兒媳婦的娶兒媳婦，要嫁女的嫁女，要抱孫的抱孫，嚐嚐天倫樂的滋味，多好。」

四人亦和議。

傻榮關心地說：「英哥，那我們可以為你做些什麼？」

「沒什麼要做的，呀，找房子，我想找房子，不用太大，二十平方便是了，大約六千元租金。」英偉平淡地說。

傻榮好奇地問：「你要搬出去住？」

「對，屈在這村裡，人都發霉了，最好位置在上水附近，不用爬樓梯的。」英偉寬容地說。

「我們幫你跟進留意。」傻榮拍拍英偉肩說。

傻榮向各人舉杯示意。

眾：「飲杯。」

眾碰杯，面帶笑容。

古老吊鐘指着晚上九時半。

小俊在飯桌旁用手機玩電子遊戲。

英偉及英淑打對面坐在沙發上。

英淑在看書，英偉顯得坐立不安，應該是酒癮發作。

「你整晚坐立不安，看來我要用釘子把你釘在沙發

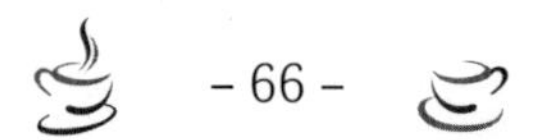

上！」英淑不滿地說。

英偉苦着臉說：「姊，真是很難忍！像失魂落魄似的，感覺很難受！」

英淑好言相勸說：「今晚只是第一晚！你要拿點恆心出來，只是不喝酒，很難為你嗎！」

英偉的手震得特別頻密，面部肌肉也有點發抖，特別是雙唇，發抖中帶點蒼白。

英偉發毒誓地說：「飲一口，只飲一口就不飲了。」

英偉全身發抖，焦躁起來。

「忍一下，都是為你好。」英淑有耐性地說。

英偉失控地叫：「忍忍忍，不要像媽媽一樣囉唆！」

英淑氣憤萬分，用手打了英偉一下耳光。

英淑憤怒地說：「媽媽？我不許你侮辱媽媽！」

英偉用手按着被打面頰，憤憤然站起來。

「你想怎樣？」英淑吼叫說。

英偉一拐一拐走到靠牆櫃旁，拿了一瓶 XO 及一個酒杯，在飯桌另一端坐下來，將酒倒入杯中。

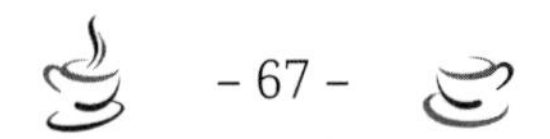

英淑上前阻止，嚴厲斥責說：「你敢飲？」

英偉雙唇也蒼白中顫抖了，他渾身顫抖望着杯中酒。

小俊急忙移步過來，輕輕阻擋英淑，他已面帶淚光。

小俊苦着面說：「媽，小舅父已經戒煙，他已經很辛苦，你就讓他喝一點吧……嗚……！」

英偉手震震拿起酒杯，酒氣侵入他的味覺，有點享受又有點猶疑，酒在杯中微微盪來盪去。

英淑大聲喝止說：「等一等！」

英偉的酒杯懸在半空在抖。

英淑從櫃裡拿出兩個酒杯放在桌上。

英淑十分生氣地說：「小俊，你撐你小舅父，好，跟這兩個杯也倒酒！」

小俊驚慌不已，便問：「倒來幹什麼？」

英淑步步進迫地說：「我叫你倒酒，你聽不到嗎？」

小俊戰戰兢兢地倒了兩杯酒。

英偉莫名其妙地看着。

英淑怒叫：「好，丁英偉，你要飲，我兩母子陪你飲！」

小俊害怕地說：「我還未夠十八歲，不可以喝酒的。」

小俊很委屈。

英淑殺氣騰騰地叫：「有所謂嗎？你舅父有病，不應喝酒也要喝！兒子，拿起酒杯！」

小俊手震震地拿起酒杯，英淑也拿起酒杯！

英淑語帶豪氣及怨氣地說：「丁英偉，我兩母子陪你飲，飲勝！」

英偉充滿疑惑，再稍為提高酒杯，他嗅到陣陣酒香，恨不得一口倒進酒裡。

小俊飲泣至身體打震。

英淑眼光鋭利地盯着英偉。

英淑怒火中燒地叫：「飲呀！飲呀！我先飲！」

英淑一口吞下差不多半杯酒，爽快地「砰」的一聲把杯子擲到地面上，碎了。

英偉放下杯，神態敗潰。

英偉全身打震地說：「我……，我……，我不喝了，不喝了，以後也不喝酒！」

英淑也哭了。

英偉抱緊英淑的腰，不斷流淚。

小俊也抱着英淑。

三人都擁在一起飲泣，場面感動天地。

第五章：什麼是家人

古老吊鐘指着上午十時，今天是星期日。小俊在沙發上用手機打遊戲，神情認真。英淑手戴透明膠手套，在製作泡菜，飯桌上有三、四盤半製成品。

英淑温文地說：「小俊，你真的不過來學做泡菜嗎？」

小俊推搪地說：「媽，大約十年後，你教你的兒媳婦做便可以了，畢竟這是廚房的事嘛！」

「時代不同了，你敢保證你的未來老婆願意入廚房嗎？」英淑單單打打地說。

「算了吧！我明年一定學。」

英淑耐心地說：「這是你外婆的祖傳秘方，如果你不學，我怕會失傳。」

小俊走過來放了一塊泡菜入口中品嚐，便笑着道：

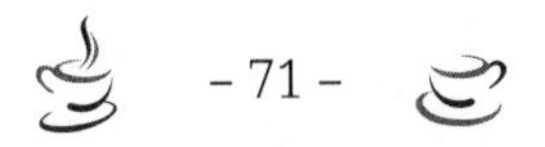

「好味道，明年一定學！」

六姐推門而入，將一個包裹放到飯桌上。

六姐詫異地說：「星期天也派包裹，老闆娘，是送給你的。」

六姐說罷便跑出去忙。

飯桌上擺着一個鞋盒般大的包裹。

英淑莫名其妙，小俊則好奇地看包裹。

英淑大惑不解地說：「奇怪，我都沒有網上訂貨，何來會有包裹收？」

小俊已拿來剪刀，一邊剪，一邊道：「打開它便知道是什麼事情。」

小俊手快快地開封，揭開蓋，抽出一個手袋。

小俊興奮地說：「媽，是你給搶去的手袋。」

英淑看傻了，到底是發生何事？

「沒錯，你給我看看裡面的錢包在不在？」英淑客氣地說。

小俊取出一個黑色的大錢包，翻開看。

小俊匯報地說：「有，身份證跟信用卡都在，好像還有千多元現金。」

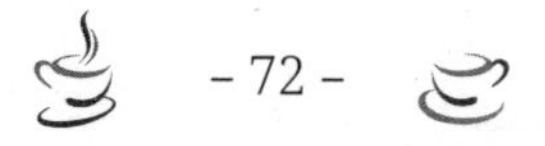

英淑呆了，走過來看。

英淑如獲至寶地說：「太好了，我還安排下星期去補領身份證，現在可以省工夫了。」

小俊發現還有一張紙條在包裹內，小俊詫異地說：「有一張紙條！」

「上面寫着什麼？」英淑期待地說。

小俊不明白地說：「阿姨，借你三千元急用，定邦！定邦是誰？」

英淑不大在意地說：「不認識，錢包回來就好了。」

兩個人都感到有點疑惑。

英偉的斗室。

他臥在床上，隨便翻看舊照相簿，他抽出當中一張用神地看。

照片中是他抱着只有一歲多的小俊。

英偉自言自語說：「時間過得真快，這小伙子唸初中了。」

他笑一笑，把照片再看一看，然後塞回相簿，又取出另一張，是四十年前，黑白的全家福。

父母並排坐在椅上，三個小孩站在後排，中間是英明，左右分別是英淑及英偉。他甜絲絲地仔細看，入了神。

回到四十年前，年青的母親在飯桌上分配飯糰。

英明十二歲，英淑八歲，英偉只有六歲。

英偉生氣地說：「為什麼大哥有三個飯糰，我跟姊姊每人只得兩個？」

英明有點不好意思，英淑望着媽媽。

母親溫文地說：「大哥要考中學，就讓他吃多一點吧！」

英偉苦着臉扁起嘴。

英明親切遞一個飯糰給他。

英明大方地說：「大哥讓你多吃一個。」

英淑也遞一個飯糰給英偉。

英淑有愛心地說：「姊姊也讓你多吃一個。」

英偉左手右手都捧着一個飯糰，笑了出來，感到自己十分幸福。

回到今天的斗室。

英偉想起舊事也有一點點感觸，嘴角微微露出笑容。

外邊傳來小俊聲音：「小舅父，出來吃午飯。」

「是，立刻出來！」

英明家，下午時份。

客廳寬敞，是維多利亞式的佈置。

正在播放悠揚温暖的音樂。

是蕭邦的作品夜曲，Nocturnes Op.9: No.2.

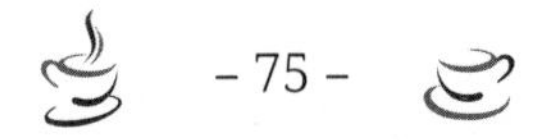

英明坐在沙發上品功夫茶，大嫂穿得整整齊齊坐在他對面看雜誌。

英明好奇地說：「怎麼這茶，味道跟以前不一樣，口感不夠滑？」

「這是五百元一両的，一千元一両的現在斷貨。」大嫂平淡地說。

「下次存多一點，喝不到好茶，我全身都不爽。」

大嫂服從地說：「是，明白了。」

英明打量了一下妻子，好奇地說：「你要上街嗎？」

「是。」

「上哪兒去？」英明隨口問道。

「想去探母親！」

英明放下茶，生氣地說：「你母親他們都是領綜援的，寒寒酸酸的，我跟你說了多少遍，這兩個月十分關鍵，如果傳了出去，我老婆外家是領綜援過日的，對我升 CEO 肯定會帶來負面影響，你負責得起嗎？」

大嫂失神地說：「那⋯⋯？」

「那什麼，不能去！」英明威嚴地說。

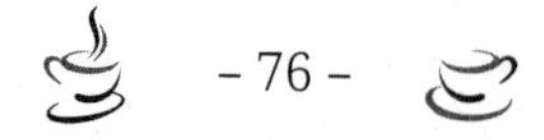

「是，是，不去了！」大嫂順從地說。

「真是腦子生在屁股上！」

「明白了，不會有下次。」大嫂恭敬地說。

英明突然又問：「啊！英偉那邊有什麼消息？」

「英偉還沒有搬。」

「激氣。」英明失望地吐出兩字。

大嫂關心地說：「你不要胡來。」

英明恍然大悟地說：「我有分數，上次語氣重了，畢竟我就只有這麼一個弟弟。」

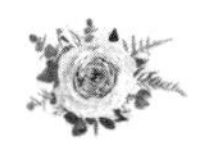 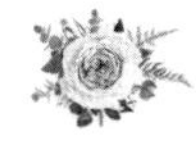 

星期日中午，村內空地擺了三桌的小型盤菜宴，座無虛設。

主人家是老街坊四叔及四嬸，今天是他們孫子滿月的大喜日子。

英淑、英偉、小俊及六姐都是座上客，村長則坐在他們對面。

盤菜在火爐上開始滾起來。

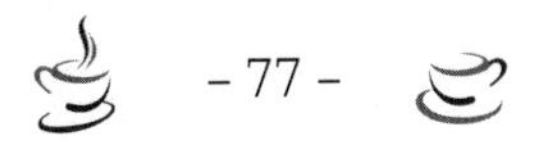

四叔將一枝煙遞給英偉。

「不客氣，戒了。」英偉用手擋住說。

英淑瞄一瞄英偉，有點放心。

四叔隨便說：「不抽煙，好，來，喝點紅酒！」

四叔想給英偉倒酒，英偉輕輕禮貌地用手擋住。

英偉微笑地說：「不客氣，酒也戒了！」

英淑又瞄一瞄英偉，放心之中有點笑容。

「這麼厲害，煙酒都戒了，是英淑迫你戒的？」四叔哈哈笑地道。

小俊急忙應對說：「是小舅父自己戒的！」

「後生仔，夠定力，好，好事。」四叔稱讚說。

英偉客氣地說：「四叔，我喝茶就行了。」

英偉點頭鞠躬，英淑也笑了出來。

四叔舉杯道：「來，大家飲杯！」

眾賓客舉杯，有些高興得站起來。

眾：「飲杯！」

「大家起筷！開餐了！」四叔豪氣地說。

六姐好奇地問：「有沒有孫兒的照片？」

「有，在手機裡。」四嬸喜悅地說。

四嬸把手機屏幕掃兩下，給大家傳遞，照片中見到一個金髮的小 BB。

英淑羨慕地說：「很可愛，笑得很甜，四嬸真有福氣。」

四嬸失望地說：「福氣？激氣才是，兒子娶了個金髮的，生來一個也是金髮的，將來我跟孫兒溝通，等於雞同鴨講！」

「無所謂啦，期望他健健康康，快高長大便是了。」六姐陽光地說。

四嬸又充滿笑容。

「村長，怎麼不見周伯？」英淑好奇地問。

村長微笑說：「啊！他今天有點不舒服，來不了。」

「沒有大礙吧！」英淑關切地問。

村長樂觀地說：「啊，老人家，都七十多歲，小事小事。」

「大家快吃吧！吃吧！」四叔開心地說。

英偉用右手挾菜，有點發抖，菜掉在桌面，他準備再挾起。

四叔大方笑着說：「不打緊，再挾另一塊。」

英偉有點不好意思，再十分謹慎地挾第二塊肉，動作很慢。

肉懸在半空，就是不能如意地送到自己的嘴裡去，筷子在抖。

英偉靈機一觸，乾脆把嘴巴往前伸，好辛苦才用嘴咬着肉塊，然後強笑。

英淑面色轉沉，她知道英偉的四肢開始漸漸僵化，最後會不由自主。

四嬸見狀便打圓場說：「大家吃，大家吃！」

氣氛又喜氣洋洋。

英淑差點兒哭了出來。

古老大吊鐘指着下午三時。

小俊在飯桌上做家課。

英淑幫英偉在飯桌旁邊剪髮，他上半身披着白色尼龍布，地上有不多不少的頭髮碎。

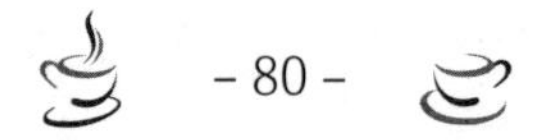

英偉突然問：「姊姊，如果我死了，你會怎樣？」

「嗯，我會拍掌呀！」英淑故意不重視地說。

英偉笑着說：「說反話，然後呢？」

「我會在後山挖一個洞，用草蓆把你捲着掉進洞裡！」英淑冷淡地說。

英偉裝作十分在意地說：「那麼無情，棺材都沒有。」

英淑簡單地說：「人本來就光着身子來，那就光着身子去唄。」

「然後你還會掛念我嗎？」英偉追問。

英淑回想剛才英偉挾菜手震的幾個情境，含着一泡眼淚。

英淑流淚說：「應該不會……，應該……不會。」

英偉感到有水從上掉下來，在發抖的手也被弄濕了，他感到英淑的手也在顫動，她在哭？

英偉關心地說：「姊姊，你流淚了嗎？」

英淑堅強說：「沒……，沒有。」

英淑流着兩行淚。

小俊沒注意，好像對家課有點疑難，便繼續垂下頭發問。

小俊好學地問：「媽媽，家人的英文是 Family Member 嗎？」

靜了五秒，英淑收乾眼淚。

「是，是 Family Member ！」英淑冷靜地回。

小俊追問道：「那麼，大舅父是我們的家人嗎？」

「當然是啦！」英淑肯定地說。

小俊不明白地說：「沒血緣關係也算？」

英淑耐心回答：「共同生活一段長長的時間，就算是沒有血緣關係，當然是家人！好像六姐，跟我們相處十五年，天天一起吃飯，互相分擔苦樂，也可以是家人。」

小俊又追問：「明白了，那幸福英文是哪個詞？」

「Happiness ！」英淑爽快地答。

「日本話幸福怎樣唸？」小俊求知地問。

英偉突然回應：「Shi a wa se !」

英淑好奇地問：「Shi a wa se，你怎麼會懂這個日本詞？」

英偉自己也有點愕然的說：「我衝口而出！我在

日本多久了？」

英淑期待地說：「你還想到什麼？」

英偉沉思一回，放棄地說：「沒有了，就只有這個詞！」

英淑及小俊互望。

回村夜路上，星稀月暗，燈光暗淡。

英淑在回家路上，四野無人。

她感到有人在背後跟蹤她。

突然在漆黑中，跳出一個身影，後邊也有兩個人影一湧而上。

前邊那甲君手持閃亮的小刀。

她退後半步，後邊的乙丙又用水喉鐵指着她威嚇！

英淑呼叫：「救命呀！救命呀！」

甲威武地說：「不許叫，否則宰了你。」

乙命令地說：「將錢拿出來！」

丙正氣地說：「我們劫財，不會劫色！」

英淑嚇至渾身顫抖，取出錢包說：「好，好，不要傷害我，錢，錢，給你們。」

此時突然又閃出一個身影。

「你們在找死嗎？」

是大哥雄的聲音，他用身護着英淑。

甲神氣地：「想阻我們發財？」

持刀那人想將閃刀在指着大哥雄的頸，大哥雄「吒」的一聲，把那人的手掌擋住，然後用力一扭，小刀「噹」一聲丟到地上。

後邊乙丙來勢洶洶衝上來。

英淑焦急萬分說：「小心呀！」

大哥雄閃開身，三幾下手勢便將甲乙丙打到逃跑，自己則蹲下來喘氣。

大哥雄關心地問：「英淑，你沒受傷吧？」

「沒事，你呢？」英淑驚魂未定地說。

大哥雄站起來，拍打衣服兩下，很威風似的。

英淑上前扶他一把。

大哥雄豪氣地說：「這段路不安全，我送你到村口。」

「好，好，幸好你出現！」

大哥雄神氣地說：「剛巧經過，臭小子，兩下功夫打發了，我們走。」

「好，走。」英淑此刻才定下來說。

兩人的身影再次步入黑暗中。

第六章：心中釋懷

酒吧內，晚上十時。

大哥雄跟剛才搶匪甲君坐在一起。

大哥雄埋怨地說：「老兄，剛才叫你裝打劫，你們也太認真了，很重手呢！」

甲專業地說：「大哥雄，要逼真一點，不重手怎行！」

大哥雄掏出三千元。

大哥雄笑着說：「每人一千元，收下它！」

「你最近怎樣的環境，我們是知道的，你收回吧！」甲理解地說。

大哥雄收回三千元，神氣地說：「你們真夠義氣，哈哈」

甲偷笑地說：「這招英雄救美是很殘舊的橋段。」

大哥雄神氣的說：「橋段不怕舊，最重要是湊效！」

「情場，你能征慣戰啦！」甲取笑地說。

大哥雄厚面皮說：「嘻嘻，以前那些都是妞追我，排隊也有十里長，但追女仔，我還是第一趟！」

「好，預祝你馬到功成，飲杯！」

大哥雄豪放地說：「飲杯！」

兩人高興地碰杯。

火車卡上，星期日下午，人有點擠。

英偉手持拐杖站在人群中，他一手扶住扶手柱，另一隻手扶住拐杖。

一位坐在靠邊位的女乘客向他讓座。

女乘客禮貌地說：「先生，你坐下吧！」

英偉點頭致謝說：「謝謝！」

英偉坐下來，才發現王珍坐在自己右手邊。

英偉不自在地說：「真巧，小珍！」

王珍是英偉以前的戀人。

「真巧，英偉，沒見面十多年了！」王珍大方地說。

英偉發現王珍右手邊坐着一個約八歲大的小孩，頭挨到她的手臂旁。

英偉隨便地問：「你兒子？」

「是，強仔，快叫叔叔！」王珍點頭說。

「叔叔！」強仔禮貌地打招呼。

英偉微笑着說：「真聰明，這孩子很可愛！」

英偉又發現強仔的右手，跟他右邊的中年男士拖得緊緊的，中年男子一隻眼是盲的，英偉跟他點點頭。

英偉猜測地說：「你先生？」

王珍互相介紹道：「對，這是英偉，這是阿輝！」

英偉誠意地說：「你好！」

阿輝也笑容滿面說：「你好！你好！」

到站的廣播。

英偉交待地說：「我這個站下車！」

王珍強笑地說：「你小心，再見。」

「再見！」強仔也天真地說。

強仔不停揮手拜拜。

「再見！」阿輝也熱誠地說。

卡車門打開，英偉步出車卡，還不停探頭跟強仔揮手。

他站穩在月台邊，帶着熱熾笑容望着開走的列車。

還揮了兩下手，然後慢慢失落地放下來。

面上的笑容漸漸消失，轉為微微強笑，又轉為想起往事，又轉為心痛及婉惜，開始強忍眼淚，忍不了，終於流出幾滴。

村屋天台，上午時份，陽光悠和。

英淑在晾曬剛洗完的衣服，有袖衫、睡衣、T-Shirt、牛仔褲，好像在懸掛萬國旗。

英偉坐在一旁，手持一杯清茶。

「我朋友找到房子了，在上水，可能下星期搬出去吧！」英偉交待地說。

英淑愕然，停了手。

英淑不同意地說：「還想搬，搬什麼，住得好好的。」

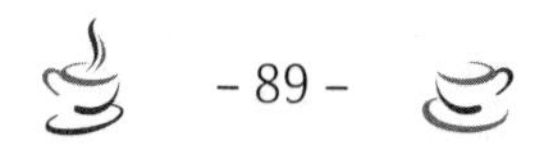

英偉有些不好意思說：「不搬，我怕會影響大哥的前途。」

「不要搭理他，是他想多了，我們不要跟他一般見識。」英淑有些微言地說。

「真的不用搬？」英偉不肯定地說。

英淑有條理地說：「大嫂都說了，大哥也覺得自己那天說話過份了。」

英偉點頭。

「怎樣都好，這就是你的家，我不許任何人欺負你！」英淑堅決地說。

英偉笑一笑表謝意，然後又少許沉思。

「這些年，大哥變了很多。」英偉感觸地說。

英淑有深度地說：「權力會腐蝕人性。」

英偉不明白問：「什麼意思？」

英淑耐心地說：「當你一天有權力，你便會追逐更大更大的權力，你會不惜任何代價去爭奪，結果是，忘記了人性，出賣了靈魂！」

「唉，人字容易寫，只是兩劃，但做人就挺不容易。」英偉傷感地說。

英淑大方地說：「有啥難，做人知足就是了。」

英偉突然想起說：「唉，我昨天在火車上碰到王珍。」

「王珍怎麼了？」

英偉寬心地說：「結了婚，孩子都八歲了，挺幸福的樣子！」

「愛一個人，只要他幸福便好了。」英淑誠懇說。

「唉——！」

英淑看見英偉垂下頭愁眉苦面，心裡也感到難過。

英淑突然建議說：「英偉，一會兒陪姊到寺裡去拜神。」

寺裡，不是特別日子，善信不太多。

大師正在為一盤茶花樹澆水。

英淑與英偉走過來。

英淑向大師打招呼：「大師好！」

「周小姐好！」大師很自在地說。

英淑在大師耳邊說：「大師，我姓丁的！」

「年紀大了，記性差，丁小姐有何貴幹？」

英淑客氣地說：「我弟弟想問因果！」

英偉點頭。

「丁先生請說。」大師雙手仍合十說。

英偉恍如講故事般說：「十二年前，我月入十萬八萬，跟女朋友相戀，差不多到了談婚論嫁的地步，怎知她突然變心，嫁了一個地盤工，地盤工還瞎了一隻眼，我久久都不能釋懷，是不是有前世的因，導致今天的果？」

「嗯，貧僧明白了。」

大師閉目思考片刻，然後緩緩張開雙眼。

英淑及英偉在期待答案。

大師玄妙地說：「你前世是一個富家子弟，有一天，你經過沙灘，見到一具女屍，你好心腸，脫下外套把女屍蓋住，然後鞠躬便走了。後面又來了一個男子，是一位農民，他也好心腸，更誠心誠意地將女屍好好地埋葬。」

英偉猜度地說：「女屍是我今生的女朋友？」

大師認真地說：「正是，那個農民正是她今生的丈夫。」

英偉沉思，英淑少許疑惑。

大師平淡地說：「女屍今世還你是蓋衣服的債，所以跟你相戀三年，債還完了，她便嫁給現在的丈夫，即是前生埋葬她的那個農民！」

英偉恍然大悟，英淑也參透大師的解說。

「多謝大師贈言！」英偉點頭致謝說。

大師功德圓滿地說：「善哉善哉，請周生周小姐隨緣上香。」

不遠處傳來三下敲鐘聲，令人聽之心境清靜平和，英偉及英淑向大師合十後移步。

英偉偷笑說：「大師又記錯你姓周。」

「大師快九十了。」

英偉大悟地說：「緣盡了，何必強求，我就放下執着吧！」

十二年前，就是因為逃避這段情感挫折，英偉便毅然離開香港。

中級餐廳，燈光優雅。

英淑及大哥雄在卡位打對面坐。

英淑禮貌地說：「多得你上次及時出現，要不然，後果真不堪想像！」

「舉手之勞，有緣份，有緣份。」大哥雄豪爽地說。

英淑報以微笑，喝一口咖啡。

「丁小姐，我可以問你一個問題嗎？」大哥雄低聲說。

「可以。」英淑大方地。

「你先生走了那麼久，為什麼不再次談戀愛！」大哥雄面紅耳赤地說。

英淑簡短地說：「感覺陌生了。」

大哥雄衝口而出說：「你覺得我陌生？」

英淑平淡說：「不，我對戀愛陌生！」

英淑又喝了一口咖啡。

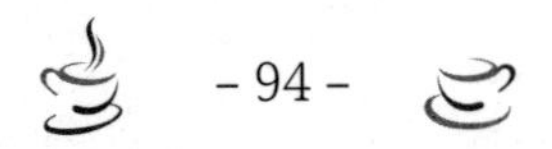

英淑定一定神說：「你剛才好像說要跟我談戀愛？」

大哥雄又紅了臉說：「不，不，是我表達得不好，令你誤會。」

大哥雄喝一口咖啡掩飾自己的失態，然後急轉話題：「聽說你是大學生！」

英淑點頭道：「嗯！」

大哥雄認真地問：「想向你請教英文，黑社會英文是什麼？」

英淑稍為思考一下，然後說：「應該是underworld！」

「啊，underworld，絕，那麼，江湖事江湖了，英文應該怎樣說？」大哥雄又追問說。

「The underworld matters shall be settled by underworld rules！」英淑自然地說。

大哥雄欣賞地說：「underworld rules，絕，真絕，很好，謝謝！」

英淑醒起地說：「對了，拜託你介紹師傅，我要修葺村屋。」

「好的，包在我身上。」

星期六早上，村屋內外都有人修葺。

兩個年青師傅各自騎在木梯上，幫地下層的天花修葺。

一個年青師傅騎在梯上幫外牆掃上白色油漆。

英偉及六姐內內外外協助搬東拉西，小俊在看守士多。

英淑剛在市場買菜回來，見狀有點愕然。

「大哥雄真有效率，不到一天便有人來開工。」英淑讚嘆地說。

英偉疑惑地說：「有點怪怪的，怎麼這幾個師傅，好像個個都很年青！」

英淑微笑說：「年輕好，動作勤快！」

油外牆的師傅走向英淑，他頭上戴着一頂用報紙做的工作帽。

英淑高聲地說：「師傅，辛苦你們了！你們是大哥

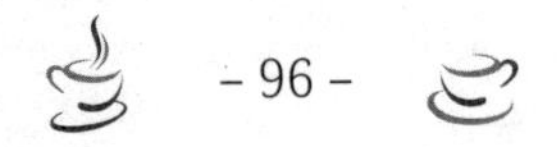

雄介紹來的嗎？」

那人說：「我不認識什麼大哥雄？我是張定邦！」

英淑深思一下，不明其所以言。

定邦大方地說：「阿姨，你還記得我嗎？」

英淑細想，此人的確有點面熟，便說：「你是……」

定邦簡短地說：「搶你手袋的人！」

定邦向屋內的師傅叫喚。

定邦叫：「定國，定富，你們停手，都過來！」

兩人氣沖沖走過來，三人並排站着。

三人齊鞠躬向英淑致歉。

三人：「阿姨，對不起！」

「我一頭霧水！」英淑還猜不透說。

定邦歉意地說：「我爸是裝修工人，工傷斷了腿，家裡沒有生計，又要交租，所以騎虎難下，那天在火車上搶你的手袋。」

英淑好奇地問：「你們是一家人？」

「這是我二弟張定國，他是我三弟張家富！」定邦介紹說。

英淑明白了地說：「原來是三兄弟，你們媽媽呢？」

「十年前癌症走了。」定邦垂下頭說。

英淑同情地說：「唉，可憐的年青人，但你們又把手袋寄回給我？」

定邦沉着地說：「我們不想你失去手袋內的證件，所以又寄回給你，阿姨，請你原諒我們。」

「很好，阿姨原諒你們，那這次修葺要多少費用？」英淑豪爽地說。

定邦禮貌地說：「不收錢的，不收錢，就當是向阿姨你賠罪！」

英淑搖頭說：「不收錢不行！」

「現在爸爸康復了，開工了，不缺錢，就欠你一個人情。」定邦感恩地說。

「唉！好！慢慢算吧！」英淑不堅持地說。

定邦發號施令說：「定國定富，大家趕工去！」

三兄弟又回到工作崗位去忙。

英淑見狀搖頭嘆息，並且欣賞自己，當天沒要杜Sir抓搶匪。

村口超記酒家，晚上九時，又是人客不多。

英淑請定邦、定富及定國吃晚飯，英偉、小俊、六姐及大哥雄也是座上客。

桌上擺了六個菜。

英淑熱誠地說：「大家吃，餘下的菜會晚點來，都吃！」

眾人起筷吃飯。

「好吃，這裡的菜好味道！」定邦豎起手指讚。

「這次修葺，你們老是不肯收錢，這樣吧，阿姨每人給一封小紅包！」英淑大方地說。

英淑移步把小紅包放在三兄弟而前。

「小紅包也不能要，不能要！」定邦拒絕地說。

定邦拿起三個小紅包，插到小俊的口袋裡，然後又坐回原位。

定邦忽然建議說：「這樣吧，小紅包由小俊代我們保管！」

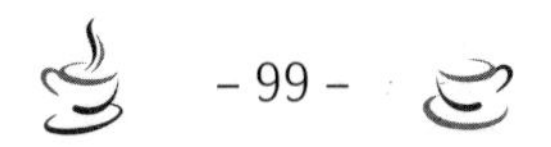

小俊爽快地說：「對，暫時保管！」

大哥雄指着三兄弟說：「小伙子，真夠氣派，值得讚。」

「江湖？我們 out 了，大哥雄！」英偉也佩服地說。

六姐直接地說：「有點感動，但我們要忙着祭五臟廟。」

小俊移步到定邦身邊，並且在他耳邊低聲講了幾句秘密。

定邦也低聲在小俊耳邊回覆，兩人像是有什麼默契的，然後都偷笑得很開心。

「小俊，幹什麼的，讓哥哥安心地吃飯吧！」英淑責備地說。

「遵命！」

小俊坐回原位，定邦向他打了一個 OK 手勢。

「古古怪怪！」英淑自言自語說。

眾人吃飯。

第七章：落葉歸根

晚上的山坡上，不整齊的豎立了幾間木屋。

這裡離村屋約一公里，因此村委會管不了，而政府又不管，所以先是一間，後來發展到五、六間。

住在木屋裡的人不用繳付租金，但代價是沒有水電煤供應，晚上只可靠火水燈或蠟燭照明，所以晚上的村屋燈光比較暗淡。

小俊與大哥雄趟卧在山坡上的小平原上，後邊五十米是一間小木屋，山間傳來蟲鳴聲。

大哥雄稍微喘氣。

「這裡是你的秘密空間？」大哥雄寬心地問。

小俊微笑地說：「是，趟在草地上，多舒服。」

「為什麼不帶你小舅父來？」大哥雄好奇地問。

「這段斜坡，他走不了！」小俊婉惜地說。

大哥雄平淡地道：「這裡有什麼好，沒有音樂，也沒有妞。」

「有星星！」小俊神氣地說。

大哥雄向夜空看，滿天是閃閃亮的星星，很欣賞地微笑了出來說：「啊！滿天繁星，真漂亮，漂亮！」

小俊有詩意地說：「聽說每一粒星星代表一位偉人。」

「現在已那麼多星星，已那麼擠，那一百年後，何來有空間擠得來？」大哥雄反問道。

小俊感慨地說：「一百年後，我們已經看不到星星了。」

「什麼意思？」

「那時大氣層被污染得很嚴重，把整片夜空遮蓋了，到時，我們再也看不到星星，也看不到月亮了。」小俊失望地說。

大哥雄附和地說：「如果是真的，那便很可惜。」

「啊！你看，那邊有一顆流星。」小俊指着夜空說。

「是，夜空真美，你常來這裡？」

小俊舒坦地道：「晚上做完家課，必定到這裡趟。」

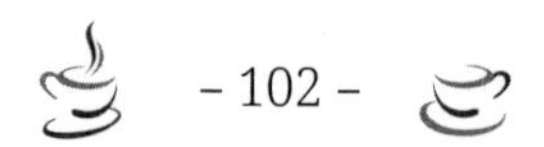

古老大吊鐘指着早上八時多。

英偉在小斗室鑽出來，剛睡醒。

英淑坐在沙發上看書。

飯桌上擺着英偉的早餐，一件三文治及一杯咖啡。

英偉坐到桌邊去，跟英淑打招呼：「姊，早上好。」

「早上好，吃早餐吧！」

英偉打量一下大廳的環境，又抬頭看一看修葺後的天花，他欣賞地說：「想不到定邦他們的手勢也不錯，修了之後，整個屋子也光亮了。」

「他們有時跟着爸爸去工地打工，日子不好過。」英淑感慨地說。

外出傳來一陣喧鬧聲。

英偉詫異地說：「發生什麼事？」

英淑也好奇地說：「你先吃早餐，我出去看看。」

英淑放下手中書推門而出，她好奇地問六姐。

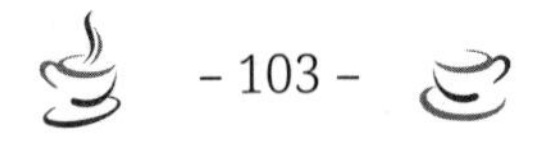

「什麼事那麼吵？」

六姐眼神引導英淑看看自己屋子的外牆。

有十個八個人圍在一起觀看外牆，眾人都議論紛紛，村長、四叔及四嬸也在。

「好像是李白的作品。」四叔指着牆上說。

四嬸反對說：「我記得應該是王維寫的。」

「都說你們文化水平低，在唐詩裡面甚少會用到這個吻字，應該是魯迅寫的，或者瓊瑤寫的也有可能。」村長有見地地說。

英淑鑽到人堆中看看牆上，呆住了。

上邊寫了：廟裡有個僧，鐵柱磨成針，佳人約黃昏，情深未敢吻。

是秀恆的情詩。

字體不端正，旁邊還有三朵小紅花，她想應該是小俊及定邦他們的傑作。

英淑立馬面紅起來。

村長大聲道：「啊！我明啦！」

「我們也明啦！」眾人附和道。

村長大悟地說：「原來是給老闆娘的情詩！」

英淑害羞至恨不得在地上挖個洞鑽進去。

下午五時，小俊在飯桌上做家課，英淑在沙發上看書。

小俊匯報地說：「今天生物課，說到內分泌，原來腎上有一個叫腎上腺的物體。」

英淑好奇地問：「腎上腺？有什麼作用？」

小俊滔滔不絕地說：「老師說，它能在幾秒內令人增大力量，例如一個女人看見一輛車衝向她兒子，腎上腺立刻令她心跳加速，血壓火速升高，令她會突然力大無窮，能用雙手擋住車輛！」

英淑感覺神奇地說：「啊！人體的構造真神奇！」

「醫生有沒有說，小舅父為何會犯柏金遜這個病？」小俊突然關心地問。

英淑陽光地說：「醫生說很難解釋，病因不明，小舅父心腸好，吉人自有天相！」

「什麼是吉人？」

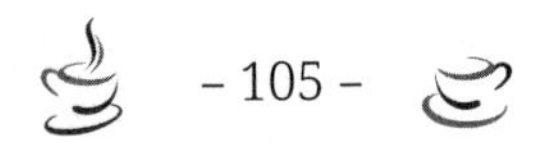

英淑有哲理地說：「吉人即是懂得感恩的人，還有幾個要素，一，口不出惡言，二，心不存歪念，三，胸襟可容人，四，敬老愛幼。」

小俊追問：「那天相又是什麼意思？」

「天相即是上天會保祐那個吉人！」

「媽，那我算不算是吉人？」

英淑打趣地說：「要不令媽媽生氣，你辦得來嗎？」

小俊厚着面皮笑着說：「盡力而為，盡力而為！」

村屋天台夜晚七點半。

十串八串色彩繽紛的燈泡掛在半空上，應該是有喜慶日子。

一個用炭的燒烤爐起着猛火，看來是個燒烤會。

桌上是一個插着三枝蠟燭的大生日蛋糕。

小俊坐在中央，旁邊是英淑及英偉，還有六姐、大哥雄、定邦、定國及定富。

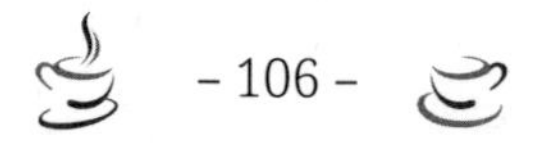

英偉喜悅地說：「一、二、三！」

眾 合 唱：「Happy birthday to you, happy birthday to you, happy birthday to 小俊，happy birthday to you ！」

眾唱完生日歌歡呼大力鼓掌。

今天是小俊十四歲生日。

六姐拍着掌說：「切蛋糕，好了，快有生日蛋糕吃！」

小俊吹熄蠟燭，開始切蛋糕。

燒烤會上，人人笑逐顏開。

大哥雄好奇地問：「小俊，又大一歲了，有什麼生日願望？」

小俊興奮地說：「啊！希望大家身體健康！」

「就那麼簡單？」六姐隨口說。

英偉感慨地說：「不簡單了，我有了這個病，才領悟到健康不是必然的。」

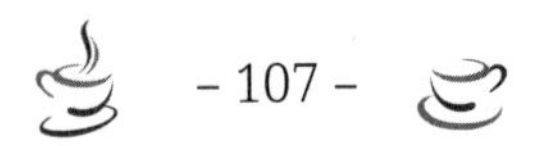

英淑積極地說：「只要有正能量，兵來將擋，水來土掩，什麼也不怕！」

英偉面露感恩之色說：「很感激，多謝你們的關懷與支持。」

小俊看到英偉想流淚，立刻打圓場。

小俊裝作認真地說：「喂！今天，我才是主角！」

眾人又歡顏地笑。

英偉捧着結他，六姐準備唱 Beyond 的《真的愛你》。

結他聲響起。

六姐唱：「無法可修飾的一對手，帶出溫暖永遠在背後，縱使囉嗦始終關注，不懂珍惜太內疚……。」

其他人也加入和唱。

小俊、定邦、定國、定富起來，他們走到英淑前，四人手牽手邊唱邊圍着英淑轉。

英淑感到心花怒放，看着小孩子圍着自己轉圈及唱

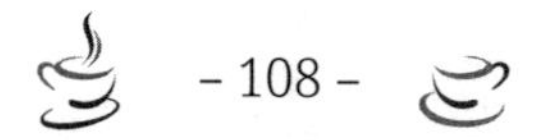

歌，更有幾分浪漫。

歌曲完了，小俊回到座位上。

定邦、定國、定富則在原位站着。

英淑感到詫異地站起來。

定邦誠懇地說：「阿姨，我可以吻你嗎？」

英淑想也不想，攤開雙手迎接定邦。

定邦趨前輕抱英淑，在面頰上輕吻一下。

定邦情不自禁叫：「媽媽！」

英淑感到想流淚。

定邦退回座位，定國及定富垂下頭。

英淑又向定國及定富攤開雙手。

「你們兩個都上來！」英寬熱誠地說。

定國及定富趨前，左右輕吻英淑面頰。

定國及定富也說：「媽媽！」

英淑真的流出眼淚了。

英偉、小俊、六姐及大哥雄看到也感動。

英淑微笑道：「乖，回去燒烤吧！」

二人坐回原位喝飲料。

英淑用手拭拭眼淚，突然地說：「大哥雄！」

大哥雄反應很快說：「是！」

大哥雄有點不好意思地站起來，面紅耳亦地說：「那麼多人看着，我有點害羞！」

大哥雄含羞地垂下頭。

英淑嚴肅地說：「什麼害羞不害羞，我是告訴你，待會燒烤完了，你負責撿垃圾。」

大哥雄會錯意，幾乎無地自容。

眾人哈哈大笑。

古老吊鐘指着晚上十時。

英淑坐在沙發中央看書，小俊坐在她右邊。

英偉坐在對面沙發看手機。

小俊突然開腔說：「媽媽，你是一個保守的人。」

「對，兒子，怎麼了？」英淑給呆住了問。

小俊有點吃醋。

小俊平實地說：「那你剛才，為什麼讓定邦他們三個擁抱你，吻你？」

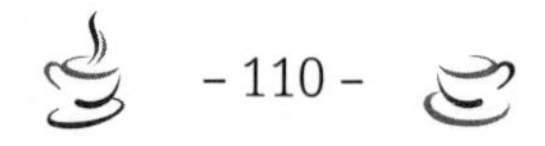

英淑温文地說：「他們三個的媽媽走了十年了，很可憐，媽是讓他們三個，體驗一下母愛，體驗一下愛與被愛的滋味，你能理解嗎？」

小俊笑了出來說：「理解！理解！剛才我只是跟你開玩笑。」

小俊擁抱英淑，英淑將右邊面再靠近他，讓他吻一下。

小俊撒嬌地說：「你是我的媽媽，你永遠都屬於我一個人的。」

英淑甜絲絲，小俊微趟下來把頭靠到她右邊的大腿上。

小俊閉上雙眼說：「真幸福！」

英偉也放下手機移身過來擁抱英淑，他也模仿小俊撒嬌，吻英淑左面。

英偉又故作撒嬌地說：「你是我的媽媽，你永遠都屬於我一個人的。」

英淑又甜絲絲，英偉微趟下來把頭靠到她左邊的大腿上。

英偉自在地說：「真幸福！」

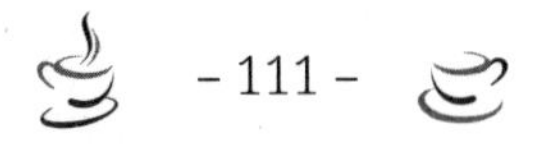

兩人沉醉於幸福之中，英淑有點無奈。

片刻，英淑發出嚴肅的通知。

英淑認真地說：「我的雙腿快發麻了，你們兩個還未洗澡，一身汗臭，快給我起來！」

兩人愛理不理，依舊趟在英淑的大腿上。

醫院診症室。

英淑及英偉坐在醫生對面。

醫生詳細說：「情況不理想，你的血壓偏高，要吃藥降血壓，如果處理不好，會有中風危機，另外丁生你的肝硬化，比上次惡化很多。」

「那應該怎樣？」英淑擔心地問。

醫生專業地說：「按程序，你要盡快排期，接受肝臟移植手術，要等大約一、兩年，快慢要看你的運氣。」

英偉冷靜地說：「明白，我要怎樣配合。」

「我們要評估一下，你的健康狀況，是否有足夠條件應付移植手術，畢竟這是一個大手術。」醫生強調地說。

英偉平淡地回道：「明白。」

醫生補充地說：「對，你要多休息，最好不要幹粗重的活。」

「明白！」

英偉抽血

英偉 X 光照肺

英偉接受口腔檢查

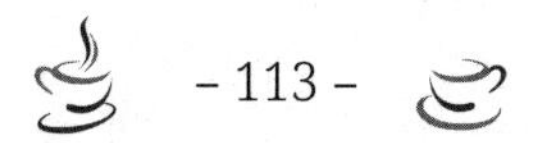

英偉做磁力共震

英偉量體高及體重

古老吊鐘指着上午八時半。

英淑及六姐在飯桌計算士多的帳目，面前是大堆財務文件，英淑不停地在按計算機。

英偉坐在另一角吃早餐，依舊是三文治及咖啡。

英淑按完計算機，透一下大氣。

英淑無奈地說：「這個月也是差不多打平手！」

「最近半年都是這樣，對，聽說周伯昨天走了。」六姐平淡地說。

英淑慨嘆說：「啊！老人家都是這樣，半條腿踏入鬼門關，周伯一路走好！」

「他的記帳差不多一萬五千元，要列入壞帳去了。」六姐建議說。

英淑大方地說：「說的也是，就這樣安排吧！」

「英淑，月尾我們要繳付供應商的貨款，差不多五萬元！」六姐有些擔心地說。

英淑微笑地說：「我會想辦法，你放心！」

英偉插嘴說：「我這兒有鬆動的現金。」

「你不用操心，姊有辦法安排好！你的錢留下來養身子，還有很長的日子要過。」

「自己人，別太見外！」英偉關切地說。

英淑堅持地說：「姊已決定了，吃你的早餐。」

英偉苦笑。

山坡上，小俊的秘密空間。

晚上九時，又是繁星密佈的夜空。

小俊與大哥雄舒態地趟着仰望星空。

小俊突然問：「要什麼資格，才可以入黑社會？」

「以前很隨便，小學未畢業都可以，現在恐怕非大學畢業不可。」大哥雄隨便答道。

小俊平淡地說：「大學畢業？那我情願去做警察了！」

大哥雄詫異地說：「做警察？忽然反差那麼大？」

「做無間道也可以！」小俊幻想地說。

大哥雄埋怨地說：「等我靜一靜，我追不上你的思維。」

稍微靜了五秒。

「你是否想追我媽媽？」小俊轉話題說。

大哥雄驚愕地說：「連你都看得出來？」

「哈哈，即是承認了。」

大哥雄失望地說：「是，但你媽不是一般女人。」

「怎樣不一般？」小俊好奇地問。

「她好像有仙氣似的，百毒不侵，很難展開攻勢。」大哥雄皺着眉苦着臉說。

小俊有義氣地說：「努力，我撐你！」

「嘻嘻，真是好兄弟！」

後邊傳來一把小女孩聲，是小芳，今年三歲。

小芳天真地問：「小俊哥哥，星星是怎樣的？」

「就像在一張黑紙上，放了很多很多會發光的沙粒！」小俊耐心地說。

「啊！那應該很美！」小芳幻想着說。

大哥雄衝口而出：「你自己看不到嗎？」

小俊婉惜地說：「小芳看不到東西。」

大哥雄又充滿愛心地說：「啊，真抱歉！小芳，你也趟下來感受美麗的星星。」

古老吊鐘指着下午三時。

英淑正安頓兩位女客人坐到飯桌旁邊。

一位是七十多歲的老太太，樣子跟母親曹金姬很相似，另一位四十來歲的少婦，是老太太的女兒。

村長剛才為她倆引路，現在見情勢可功成身退。

村長交代地說：「老闆娘，沒事情的話，我回去了！」

英淑，老太太及少婦點頭致謝。

村長輕手掩上大門出去了。

英偉剛從小斗室鑽出來，看見有外人，便說：「啊！有客人來了？」

英淑拜託地說：「你到廚房去幫忙泡茶。」

「是的！」

英偉移步入廚房。

英淑客氣地說：「（韓語）地方有些淺窄。」

「（韓語）未有通知你就來訪，真是不好意思！」老太太點頭致謝地說。

少婦介紹說：「（韓語）我叫金秀惠，她是我媽媽曹銀姬，也就是你媽媽的孿生妹妹。」

英淑微笑地說：「（韓語）怪不得樣貌跟媽媽一樣。」

老太太和藹地說：「（韓語）你跟我妹妹也有七分相似。」

少婦客氣地說：「（韓語）這次來，是想把大姨的骨灰帶回濟州，好讓她老人家落葉歸根。」

英淑：「（韓語）回濟州，可以可以！媽媽應該會很開心！」

「（韓語）為你帶來麻煩了！」老太太致謝地說。

「（韓語）不會，不會！」英淑誠懇地回答。

英偉捧了一個托盤出來，上面有一壺茶及四個杯，他恭敬地分杯給三人。

英淑介紹說：「（韓語）我弟弟英偉。」

互相點頭示好，英淑望望英偉。

英淑向英偉說：「她們想把媽媽的骨灰帶回濟州去。」

英偉建議說：「把爸爸的骨灰也一併帶吧！」

英淑向兩位客人說：「（韓語）爸爸的骨灰也一起帶吧，讓他們永遠在一起，可以嗎？」

老太太同意說：「（韓語）可以，很好的主意！」

「（韓語）謝謝你！」少婦也附和說。

「（韓語）一家人，不客氣，喝茶！」英淑微笑說。

英淑示意英偉倒茶。

各人互相點頭微笑。

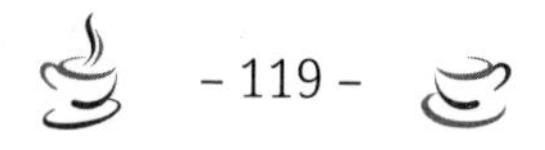

第八章：一步之遙

中學課室內。

未到上課時間，同學們喧喧鬧鬧。

李冰站到小俊的桌旁。

李冰相貌娟好，身材高挑。

「光合作用是什麼來的？」李冰請教地問。

小俊熟練地說：「是植物製造澱粉質的程序，用以維持成長及生命的養份。」

李冰再追問：「那植物怎樣才能進行光合作用？」

李冰一邊問，一邊身體越向小俊靠近。

小俊全神貫注答問題。

小俊神氣地說：「必需具備四個條件，首先要有陽光，其次是葉綠素、二氧化碳及水份……」

課室門外，兩個高班同學從遠處瞄過來，表情像不懷好意。

「那個就是林小俊？」甲不肯定地問。

乙不滿地說：「是，李冰好像很喜歡黏着他。」

甲深仇大恨地說：「我要給他看看我的顏色。」

「我們怎麼整他？」

甲得意洋洋地說：「不用急，來日方長，他飛不去！」

英淑在醫院抽血。

中級西餐廳，燈光優雅。

在卡座旁，英淑給小俊坐在一邊，英偉則坐在對面。

英偉好奇地問：「姊，有什麼事，要出來吃牛扒那麼隆重？」

英淑喜悅地道：「有好消息，檢測報告出來了，我的肝適合移植給你，不會有排斥作用。」

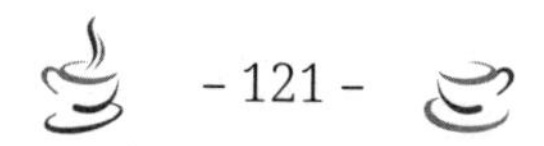

「我也要去檢測！」小俊熱心地說。

英淑認真地說：「小孩子不行，你才十四歲！」

「將來我會長大嘛！」

英偉十分感動，此刻他感受到，人在世間上，有心疼自己的姊姊，確實是一件十分幸福的事。

英偉正能量地說：「希望用不上你們的肝！」

英淑直言的說：「英偉，你本來就是我的心肝！」

「由細到大，我每次犯錯時，你都一次又一次原諒我，已經很足夠了。」英偉感觸地說。

小俊扮小器地說：「媽媽，小舅父是你的心肝，那我算是你的什麼？」

「寶貝唄，寶貝！」英淑摸着小俊的頭說。

英淑托住小俊的面，肉緊地吻了一下。

「這還差不多！」小俊神氣地說。

英偉笑了出來說：「這麼大了，還會吃醋！」

「對，我在網上找到些日本青森縣的資料，要聽嗎？」小俊忽然想起說。

小俊得戚地望望兩人。

「說來聽聽，看看能不能勾起我的回憶。」英偉期盼着說。

小俊清晰地說：「八甲田纜車，可以看到北海道。」

「再說！」英偉思考着說。

「金剛山，有座光明寺。岩木山神社，有座青龍寺。古牧温泉，面對青山灣大橋。」

英偉有點眉目地說：「有點印象，再說。」

英偉閉上雙目在追憶，英淑帶着期待的眼神。

小俊又繼續說：「有很多很多的海鮮美食，燒鯖魚，烤魷魚，帆立貝刺身……」

「印象越來越強，再說！」英偉沉思着說。

「春天，弘前公園櫻花節，秋天，前城菊花節，還有紅葉節！」

英偉記起地說：「我想起一些事，想起了，有一個女士，好像叫……，叫雪子的。我……，我應該是跟她住同一間屋，還有……，還有我拖着她的手…… ！」

英淑緊張地追問：「還有呢？」

英偉無奈地說：「就……，就這麼一點點。」

英偉強笑，小俊高興，英淑也喜上眉梢。

小俊喜悅地說：「很好，有進展，下次再多點資料。」

「也好，現在肚子要打鼓了。」英偉感激地說。

英淑大方地說：「好，點菜，要豪華一點，我請客！」

英偉及小俊拍掌。

古老吊鐘指着下午三時，一個刮北風的日子，風鈴「叮噹」響起，節奏凌亂。

飯桌邊，英淑與六姐並排而坐，對面是一位衣着端莊的女士，有女強人的風範，她向兩人各遞上一張名片，原來她叫夏娟，是一位保險經理。

「夏小姐有何貴幹？」英淑客氣地問。

「讓我確認一下，閣下是丁英淑，沒錯吧！」夏娟直接地說。

「是的，丁英淑。」英淑認真地說。

「這位是……？」夏娟也直接地問。

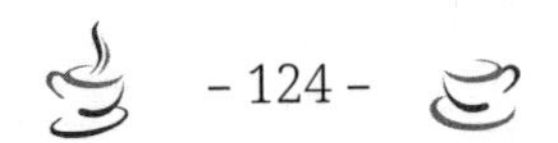

英淑清楚地說：「她是六姐，我的家人。」

六姐點一點頭。

「說話方便嗎？」夏娟嚴肅地說。

英淑簡短地回：「方便。」

「很好，我這次來是為周炳良先生走一趟的，周炳良即是周伯，他上個月去世了。」夏娟有條理地說。

英淑傷感地說：「這個我們也知道。」

「跟我們……有關？」六姐不肯定地問。

夏娟點頭說：「是的。」

「請說詳細情況！」英淑疑惑地說。

「讓我從頭說吧！早在兩年前，他在英國的兒子因癌病過世，兒子生前買了人壽保險，賠償金全由他老婆領走了，一分錢也沒有給周伯！」夏娟傷感地說。

「周伯知道此事嗎？」英淑失望地問。

夏娟同情地說：「周伯是知道的，只是他選擇欺騙自己，欺騙自己兒子還未過世，每個月都會寄錢給他，一個人過着無助無援的生活，有苦自己知，七十多歲，前路茫茫，唉。」

六姐哭了出來，眼滴淚說：「難怪……，難怪他買東西總是記帳……」

英淑開始飲泣，用右手掩住嘴巴。

夏娟強忍着淚水說：「他跟我說，你們士多讓他記帳，多謝你們對他信任，給他溫暖，令到他對明天總是有期望，有尊嚴有正能量！」

夏娟嚴肅地站起來，向兩位鞠躬，然後緩緩坐下，兩人已泣不成聲。

夏娟感性地說：「他現在往生了，帶着你們的溫暖去到天國，生命劃上一個句號！」

英淑仍流着淚說：「那……，我們可以為他做些什麼？」

「周伯廿年前買了人壽保險，賠償金不太多，只有五十萬元，他想將，不是，他堅持將款項交給丁英淑女士。」夏娟苦着面陳述。

英淑含淚堅拒地說：「好巴巴一個人，轉個身便走了，這是什麼年月，如果可以令周伯回來，割丟我一塊肉也無所謂。這個錢，……，我不能要，我不能要。」

夏娟也開始滴淚說：「補充幾句，周伯有一個遺願，你一定要收下這筆錢，繼續你們小士多的大愛精神，繼續讓有需要記帳的弱勢顧客記帳，直至，直至這筆錢用光為止。」

三人已哭成淚人。

夏娟振作着說：「這是，周伯的遺願。」

士多外，約是晚上八時半。

在不太強烈的燈光下，六姐在聽粵曲《涼風有信》。

大哥雄走近，面露笑容。

「六姐，小俊在嗎？」大哥雄微笑地問。

六姐客氣地說：「他出去了，像去什麼秘密地方！」

「啊，我去找他，我知他在哪！」大哥雄轉身離開。

「不進屋裡坐一會？」六姐熱誠地說。

「回頭再進去！」

大哥雄走遠，英淑便剛推門出來。

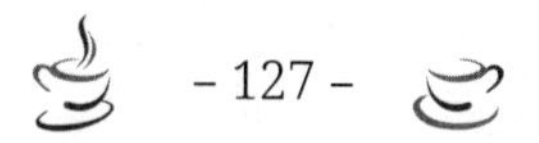

「有人來過嗎？」英淑隨便問道。

六姐平淡地說：「是大哥雄！他上山找小俊。」

英淑自言自語地說：「一大一小，奇奇怪怪的，夜了，打烊吧！」

六姐回應說：「好！」

約晚上九時，山坡上，小俊一個人躺臥在他的私密空間。

小俊心裡想着：「奇怪了，怎麼烏雲密佈，今夜沒有月亮，一顆星星也沒有！」

他覺得後面有些怪聲，光線不穩定，爬起來向後望，發現不遠處的木屋火光熊熊，還傳來救命聲。

他急步跑過去看，救命聲愈加大聲。

他急躁起來，卻無從入手。

一個老太婆從屋裡歪歪倒倒的奔跑出來，滿面烏黑。

這時，木屋已燒至天花頂了。

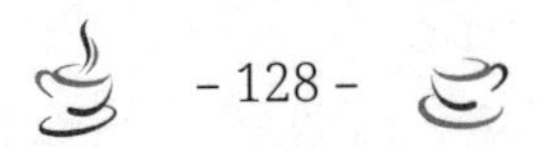

小俊扶一扶老太婆，老太婆還驚魂未定。

「婆婆，你怎樣？」小俊焦急地問。

老太婆十萬火急地說：「我沒事，小芬還在裡面，一定要救她！救她！」

小俊審視一下前面的形勢，便毅然往火場衝過去。

災場內，處處有火頭，他彷彿聽到小芬的救命聲。

小俊大叫「小芬！小芬！」

「哥哥，我在這，救我！」小芬咳着大聲回應。

一條火光熊熊的橫樑在他面前塌下來，他一腳踢開橫樑。

災場內十分高温，他努力推開燃起火的雜物，猜度小芬的位置，他終於看到小芬，立馬抱起她，正想往屋外跑，另一條橫樑又塌下來把他倆壓在地上，動彈不得。

火場外，大哥雄剛到，見狀感不妙，急問老太婆。

「小俊呢？」大哥雄又緊張又擔心地問。

「在裡面救小芬。」老太婆哭着說。

大哥雄不顧一切衝入災場，努力提聲叫喊。

大哥雄拼命叫喊：「小俊，小俊。」

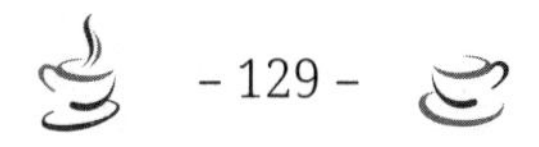

「我……，我在這。」小俊力竭聲嘶地回。

大哥雄衝前把壓着小俊的橫樑用右腿大力踢開。

小俊抱着小芬爬起來。

「往這邊跑，快。」大哥雄危急地說。

小俊剛跑兩步，後邊有一度橫樑塌下來壓着大哥雄半身。

「大哥雄！」小俊焦急地叫。

大哥雄狂吼出來：「不要理我，抱小芬出去，快走，快走！」

小俊轉身抱小芬着往外跑，在熊熊烈火中，他好像用了半年時間才跑到外邊。

出到草地上，他放下小芬，便暈倒了。

大哥雄在火場中掙扎，總是不能爬動。

火舌正在要把整間木屋吞噬。

遠處傳來救火車及十字車的警笛聲。

醫院的長廊，英淑及英偉快步走。

兩個醫護人員甲乙推着一張有輪床經過。

甲：「今晚火災第一位死者！」

乙：「趕快吧！不能耽誤時間了！」

床上的白布蓋着一具屍體，連面容都被蓋住了，突然吹來一陣風，吹起少許白蓋布，露出一隻沒有一截大拇指烏黑的手掌。

英淑及英偉都清楚看見，英淑緊張地趨前，欲有所動作。

甲：「小姐，別亂動，還要送去驗屍！」

甲乙急忙推床走。

英淑呆了，差點要昏過去，她將頭挨到英偉肩上，流着眼淚。

英淑滴着淚飲泣說：「嗚……，是大哥雄，大哥雄，他……。」

英偉不肯相信說：「不可能的，絕對不是大哥雄！」

英偉說罷，自己也用手掩住哭態。

病房內，一排多張病床。

小俊卧在其中一張上，面有疲態，沒有被火燒到面上。

英淑及英偉各坐在一邊。

小俊低聲地說：「醫生說，連皮外傷也沒有，因短暫缺氧，要留院觀察一天。」

「沒事就好了，這次真的把媽媽嚇着了！」英淑捉着他的小手說。

小俊突然記起。

小俊擔心地問：「咦，大哥雄呢？」

英淑呆住了，英偉慌忙接上。

英偉冷靜地說：「啊，他……，他在另一間病房。」

「他也沒事吧？」小俊呼一口氣說。

「沒事，沒事，剛才也跟他說了幾句！」英偉再強調說。

小俊氣息微弱地說：「沒事就好了，媽媽，小舅父，我有點睏！」

英淑温文地說：「睏便睡吧，媽明天接你出院。」

小俊已閉上了眼睛。

靈堂上，來賓不多不少。

靈位上的横扁寫着「陳二雄千古」，下邊是面帶微笑的大哥雄的黑白遺照。

英淑愁容地上香，凝視遺照片刻，後退兩步鞠躬。

堂官：「一鞠躬，二鞠躬，三鞠躬。」

英淑步至主人家區謝禮。

堂官：「家屬謝禮。」

英淑向主人家們問好。

「節哀順變！」英淑面色蒼白地說。

她在前排找到一個座位坐下來，仍然愁容滿面。

主人家區一個四十來歲的女士站起來，緩步過來坐到英淑旁邊，她是大哥雄排行最小的妹妹陳小玲。

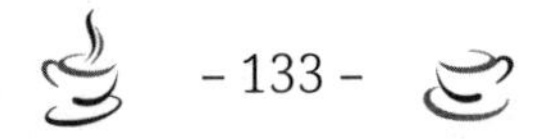

「你是，丁英淑小姐吧？」小玲半肯定地說。

英淑大方地問：「是，你是……？」

小玲自我介紹說：「我是陳二雄的小妹，叫小玲！」

英淑：「啊，小玲小姐，你怎知我是丁英淑？」

小玲恭敬地說：「平時聽二哥的描述，再加上這裡最傷心的是你，我只是猜想！」

「你很聰明。」英淑欣賞地說。

妹妹用一隻手按住英淑的手，以示關切，並且問：「小俊是你的兒子？」

「是！是！」

英淑此時留意到，小玲另一隻手捧着一個黃色的小方盒。

小玲愁容地說：「事發那個晚上，二哥本來要把這個東西帶給小俊，可是出門時忘記了，現在人走了，你代二哥交給小俊。」

英淑點頭，接過黃色小盒。

英淑客氣地問：「可以打開嗎？」

小玲強忍眼淚點頭。

英淑打開小黃盒，裡面是一個學業符。

英淑滴着淚說：「是學業符，你二哥真有心！」

英淑此刻已忍不住掩面流淚。

小玲也流淚說：「二哥說，從寺裡為小俊求一個學業符，願他大學畢業後，做一個為人民服務的好警察。」

英淑已哭至不能言語。

此刻，道士們開始頌經。

英淑想起大哥雄的黑白畫面。

「差點忘了，黑社會是不欺負女人的！」

「這麼久了，你為什麼不再談戀愛！」

「Underworld matters，underworld rules，絕！」

「這麼多人看着，我有點害羞！」

 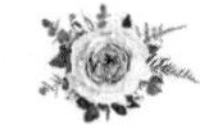 

的士在高速公路上飛馳。

英淑坐在後座，愁容滿面，她感到很累很累，閉上眼睛。

她見到穿着黑色西服，頸上戴着金色煲呔的大哥雄，正準備把着她的手起舞，自己則穿露背紅色舞衣。

Por una Cabeza（中文譯《一步之遙》）的 Tango 音樂奏起，舞池旁邊是一隊七人樂隊演奏。

(P 乃電影《女人香》中其中一首舞曲)

大哥雄引領她莊重地舞着。

大哥雄含情脈脈，舞姿曼美。

英淑情深款款，被大哥雄輕柔地推到三米外，她又轉三次身回到大哥雄懷裡。

最後舞蹈結尾姿勢，大量掌聲卻沒有觀眾。

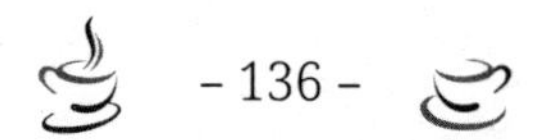

司機提醒說：「小姐，小姐，到了。」

的士司機叫了兩次，英淑才在温馨中驚醒過來。

英淑回應：「啊！」

第九章：完結篇

古老吊鐘指着下午三時。

沙發上坐着 A 君及 B 君，兩人胸前都掛着一部單鏡反光的攝影機，身穿方便服。

村長跟一位架着黑色墨鏡的中年高個子坐在飯桌旁，英淑坐在他們對面。

村長介紹說：「英淑，這位是王導演！」

王導演向英淑遞上名片。

英淑禮貌地說：「啊！王導演，有什麼我可以幫忙？」

「丁小姐，我們正找一個場景拍電影，我覺得這屋子挺適合的！」王導演恭敬地說。

王導演邊說邊環顧四周環境，英淑感到有點詫異。

英淑疑惑地說：「這屋子只是一般的民居。」

「不知何解，我很喜歡這裡，有一種……，有一種很貼地的氣氛，好像……，有温暖的氣色。」王導演手舞足蹈地說。

英淑似明非明之間說：「是嗎？」

「可以拍照嗎？」王導演請示地說。

英淑大方地說：「可以，可以。」

A 君及 B 君起來，在屋子不同的角度拍照。

英淑再次肯定地問：「你們可能要用這屋子拍戲？」

「不是可能，而是希望，請丁小姐幫忙幫忙。」王導演熱切期望地說。

「要拍多少天？」

王導演熱誠地說：「應該二十天左右，請放心，我們會安排你和家人住五星級酒店。」

英淑微笑地說：「導演先生，請容許我跟家人商量一下。」

「應該，應該！」王導演客氣地說。

A 君站到靈位前面。

A：「丁小姐，這個靈位可以拍嗎？」

英淑大方地說：「請隨便，我家百無禁忌的！」

門外士多，六姐在聽粵劇《萬惡淫為首》。

一個街坊要了一枝水。

六姐禮貌地說：「要不要記帳？」

「不用了，謝謝。」街坊點頭致謝道。

四叔也要了兩包薄荷煙。

六姐又禮貌地說：「要不要記帳？」

四叔微笑地說：「不用了，謝謝，你們士多真有人情味，這個年代，還可以記帳，只此一家。」

六姐熱情地說：「街坊生意嘛，方便大家！」

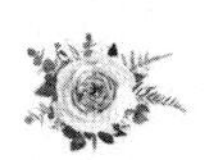  

古老大吊鐘指着下午四時半。

英淑坐在沙發上看書，英偉坐在對面看手機。

小俊在飯桌上做家課，仍然穿着校服。

小俊放下筆走到沙發前。

小俊垂頭喪氣地說：「媽，我想在房間安放大哥雄的靈位，可以嗎？」

英淑放下手中書回答：「可以，可以，媽為你安排一下！」

英淑抬起頭看小俊，才發現他臉上有些少瘀傷。

英淑心痛地說：「孩子，你的臉怎麼樣了？」

「啊，剛才在學校內摔了一跤，沒大礙的！」小俊自然地說。

英偉安慰地說：「以後小心點，你小舅父這個樣子也走得好好的。」

小俊沒有回答英偉。

小俊天真地說：「我出去拿一包薯片！」

「去吧！」英淑溫暖地說。

小俊開門走出去。

英偉面帶疑團說：「有點奇怪，小俊這幾天好像神不守舍。」

「可能還惦記大哥雄吧？」英淑思考一下說。

「也有可能，姊，為求安心，明天我們到他學校看看。」英偉不放心地說。

英淑陽光地說：「沒有那麼嚴重吧！」

學校主任室。

周主任翻閱文件，英淑及英偉坐在對面。

英淑客氣地說：「丁小俊說，他臉上的傷瘀，是因為在學校摔了一跤！」

周主任頓時放下手上的文件，臉上泛起詫異的表情。

周主任想不通地說：「不對，不對，我昨天問他，他說是在家裡摔倒的！」

「他跟你說，是在家裡摔倒，但跟我們又說，是在學校摔倒的，他是不是有事情隱瞞？」英偉推理一下說。

「說的也是，他這個星期學習，好像十分不集中。」周主任邊想邊說道。

下課鈴聲響起。

「到底發生什麼事？」英淑感到不安地說。

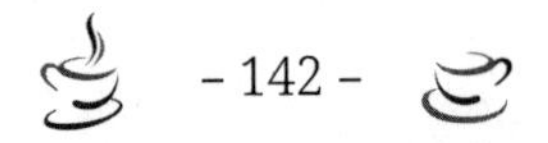

英偉假設地說：「他在學校裡是否受欺凌？」

周主任疑惑地說：「不會吧！其他同學沒有這樣的情況。啊，我想起來了……」

英淑焦急地問：「周主任，你想到什麼？」

周主任坦白地說：「最近有傳聞，校園裡有黑社會入侵的情況，但校方已詳細調查過，從種種跡象顯示，這只是謠傳。」

這時，幾個同學，氣沖沖地走在主任室外，緊張地向周主任報告。

同學 A 焦急地說：「主任，不好了，丁小俊給幾個黑衣人抓走了，好像要把他帶到後山！」

「什麼？我先報警，你們帶丁小俊的家長去看個究竟！」周主任冷靜地說。

英淑及英偉大為緊張，跟着同學走出去。

崎嶇的山路上，幾個同學在前面奔跑，英淑及英偉跟在後邊。

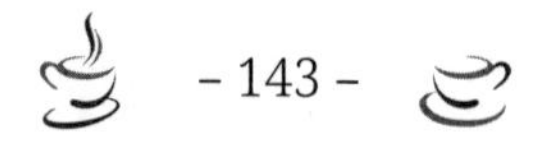

英偉喘氣地拼命追上，英淑扶他一把。

電力公司的變壓站，旁邊一片大空地。

四個惡漢甲乙丙丁圍着小俊推來推去，不亦樂乎。

小俊十分無助，力竭聲嘶地叫救命。

甲教訓地說：「毛也未長齊，學人泡妞！」

乙神氣地說：「看來老子要跟你上一課。」

丙丁將小俊按下，小俊掙扎，無奈還是要向甲乙跪下來，動彈不得。

甲舉起手上的鐵通，往小俊的頭上試位。

乙得意地叫：「在他的頭上打下去，讓他一生人也記着這個教訓！」

甲「叱」的一聲，舉起鐵通。

小俊驚叫又掙扎，閉起雙眼。

鐵通由上往下猛力擊下來，誰知差點落到小俊的頭臚上，被一枝金屬堅實地擋住了。

是英偉的枴杖。

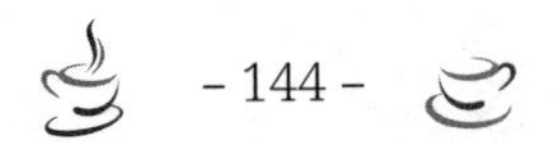

英偉大聲叫：「小俊，往一旁去。」

小俊大力擺脫丙丁，跑到英淑面前抱着她。原來此刻幾個同學跟英偉及英淑已趕到。

乙憤怒地叫：「你是什麼人？」

「還用多問？」英偉神氣。

甲眼光銳利地說：「看來先要教訓你！」

傳來老鷹樂隊 Desperado 的歌曲。

四人從四方襲擊英偉，都被英偉擋開了，四人退回原位，英偉定一定神。

乙開心地笑道：「原來是個跛的，哈哈！」

英淑及小俊不停叫英偉小心，圍觀的幾個同學面容緊張。

甲從胸口中拔出呎餘長的利刀，在英偉面前搖搖晃晃，耀武揚威，他持刀直往英偉的心臟插去。

英偉往後翻騰一步，立馬又站起來。

英偉突然感到，全身都有無比的力量，判若兩人，霧夜飛鷹好像回來了。

英偉大喝一聲，向四人主動出擊，他身手敏捷，屢次都用枴杖擊中四人。

圍觀的人見狀都嘆為觀止。

四人又主動向英偉出招。

連翻打鬥，英偉都佔上風，他現在突然感到渾身是力量，動作隨心而且充滿勁力，還可以偶爾在半空翻騰，力大無窮，一切都似是在慢動作中進行。

英偉瀟灑地反擊，腦海浮現在父母靈堂，阻擋惡煞搗亂的精采場面。

英偉腦海又浮現，英淑在教堂結婚，自己力拒惡煞搗亂的樣子。

英偉把四人痛擊，皆倒在地上昏過去。

英偉向天大聲呼叫。

英偉大聲吼叫：「霧夜飛鷹回來了，回來了！」

眾人大力拍掌叫好。

英偉突然感到四肢無力，慢慢倒在地上，枴杖亦緩緩倒下。

英淑慌忙追前扶着他，英淑更將他扶起緊抱入懷。

英淑焦急地叫：「英偉，英偉，你不要嚇姊！」

小俊也推動英偉的身軀。

英偉雙唇發白及渾身顫抖。

英偉眼睛反白地說：「很黑，很黑，什麼都看不到。」

英淑不停撕叫：「英偉，英偉！」

「小舅父，小舅父！」小俊哭着叫。

英偉氣息微弱說：「很冷……，很冷……，姊，抱緊我。」

英偉雙目緩緩地閉上。

英淑哭着叫：「英偉，你撐下去，撐下去！」

遠處傳來救護車及警車的警笛聲。

醫院急症室門外，手術中的紅燈亮起。

六姐及小俊坐在走廊一端的長凳上，心情沉重。

英淑則在走廊上心煩意亂地踱來踱去，並且自言自語。

英淑心裡想：「英偉，你不可以出事，你不可能出事，你不能丟下姊一個人。」

小俊向六姐挨過去說：「六姐，我很害怕，很害怕。」

六姐撫摸他的頭安慰道：「沒事的，沒事的！」

走廊上有兩個軍裝警員踱來踱去，他們也是等消息的。

手術中的紅燈熄了。

三人立刻湧到門前。

兩個醫生步出來，邊走邊除下手術套。

英淑急問：「醫生，我弟弟怎樣了，沒事吧？」

醫生 A 說：「很抱歉，病人已經過世，死因是腦部大量出血。」

醫生 B 說：「簡單而言，他在很短時間內腎上腺素大量分泌，血壓急促上升，導致腦血管破裂。腦充血死亡，俗稱中風。」

英淑絕望地叫：「噢，英偉！」

英淑昏過去，倒在六姐懷中，六姐慌忙把她抱住。

小俊哭至天崩地塌。

古老吊鐘指着下午二時，大廳中彌漫一片愁雲，外邊正下着大雷雨，風鈴被吹至東歪西倒，不停地「叮噹」亂響。

傻榮等四人不規則地坐在飯桌旁，面向呆坐在沙發上的英淑。

傻榮安慰地說：「丁小姐，英哥走了，大家都很難過，你，節哀順變。」

「昨天還是好巴巴的，今天已……」英淑又哭起來。

傻榮道明來意說：「英哥生前十分照顧我們，我們想為他，辦理身後事，希望你同意。」

「我現在也六神無主了！」英淑愁着面說。

「我們一定會讓他走得得體，走得有尊嚴，走得溫暖。」傻榮發誓地說。

英淑被打動說：「那你們辦吧！簡樸一點便是了。」

傻榮承諾地說：「好，多謝你的信任，就照你的意思辦！」

（青龍會）

（長老開會，虎哥主持）

虎：「（威嚴地）霧夜飛鷹最早由青龍會出身，我們等於是他的母會，這次送他一程，我們應該全力撐場。」

眾齊心熱烈地和議。

（老新記）

（長老會議，柏哥主持）

柏：「（婉惜地）霧夜飛鷹淡出之後，一直沒有敗壞老新的招牌，現在他淡出塵世，全部老新，送他一程。」

眾齊心熱烈地和議。

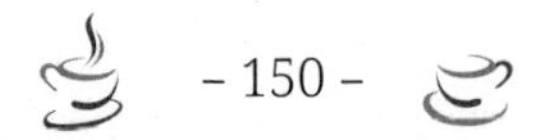

（來發）

（長老會議，啟哥主持）

啟：「（拍枱面）霧夜飛鷹生前幫過我們一把，得人恩果千年記，明天來發全部放假一天，送他最後一程。」

眾齊心熱烈地和議。

殯儀館門外，有上千個黑衣人準備進場。

人群擠至水洩不通，但算是有秩序。

數百名軍裝警員在館外維持秩序，不遠處，停了一輛大旅遊巴，上面坐着警隊的特別任務連，約五十人，個個手持機槍。

入口處擠滿中外傳媒，爭相拍照及採訪。

BBC 的金髮女記者手持採訪咪報導。

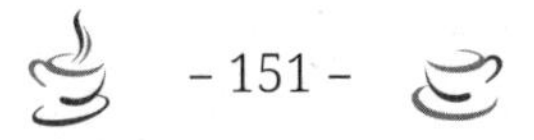

女記者報導說：「（英語）這裡是殯儀館的現場，據估計出席霧夜飛鷹的社團中人，為數可能有一萬人，香港警方出動一千名警員在現場戒備，以防止發生騷亂，出席喪禮的客人，目前仍然有秩序地進場，BBC 記者，珍布朗的現場報導。」

一輛黑色七人車抵達大門不遠處，自動門拉開，身穿黑色套裝的虎哥緩步下車。

四個人趨前鞠躬：「虎哥！」

虎奇低聲說：「不要張揚，低調一點！」

「是！」

萬壽廳內，已坐上五百多人，但鴉雀無聲。

所有人都穿着黑色衣服，神情沉重。

靈堂上橫扁寫着「丁英偉千古」，下面是他微笑的黑白遺照。

英淑、小俊、六姐、英明及大嫂，在主人席向村長致家屬謝禮。另一邊，傻榮等幫助打點。

堂官：「家屬謝禮！」

互相鞠躬！

堂官：「來賓請就坐！」

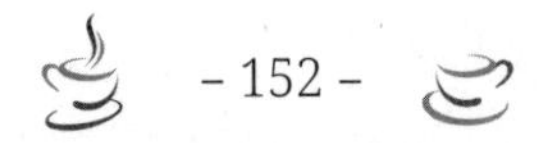

村長好不容易找到一個座位坐下來，他今天也穿上黑色套裝。

仍是一片寂靜，傻榮站到來賓席前的咪高峰前說話。

傻榮嚴肅地說：「各位來賓，今天是霧夜飛鷹，不，是丁英偉先生告別的大日子，各大社團經商討後，推舉德高望重的虎哥說告別辭，（低調）虎哥。」

一片沉寂。

虎哥緩緩走向咪前，步覆沉重。

英淑等都靜悄悄地屏息靜氣凝視着。

虎哥嚴肅地：「各位，我們不是黑社會，我們是同學會。」

鴉雀無聲，英偉肖像前的香火滿滿的。

虎：「丁英偉同學，一生好事多為，令到同學們自身反省，不惡行，不囂張，不生事。保和諧，保道義，保溫情，保家國，實在令人敬佩！」

仍是一片靜寂，英淑等聽見也鬆一口氣，英淑也拖着小俊的手。

虎：「丁同學的精神，在我們心中產生重大啟示，

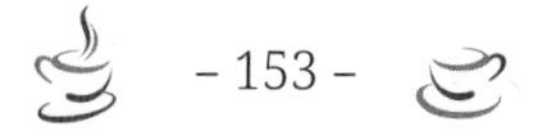

同學會理事會昨晚開會一致通過以下五點！」

眾屏息。

虎哥開始振臂呼叫。

虎哥認真地及神氣地說口號：「不賣毒品！」

眾人舉起右手大聲和議：「不賣毒品！」

虎：「不放高利貨！」

眾：「不放高利貨！」

虎：「不迫娘為娼！」

眾：「不迫娘為娼！」

虎：「不打鬥！」

眾：「不打鬥！」

虎：「愛家愛國！」

眾：「愛家愛國！」

英淑等愕然。

虎哥清晰嚴肅地說：「他朝君體也相逢，丁同學，一路好走！」

傳來《友誼之光》的音樂，眾人合唱。

人生於世上有幾個知己

多少友誼能長存

今日別離共你雙雙兩握手

友誼常在你我心裡

今天且有暫別

他朝也定能聚首……

來賓擁抱的擁抱，握手的握手，跳舞的跳舞，擊掌的擊掌，有些人更企到座位上歡呼。

突然氣氛熱熾，驅趕了愁雲慘霧。

這一下子，本來是傷感的喪禮，突然變成嘉年華似的集會。

英淑等大受感動，也開始釋懷笑着。

（歌曲尾句）**友誼改不了**

殯儀館門外，仍然是萬人空巷。

英淑及英明在前排步出來，後邊是英偉的棺木，殿後是小俊，六姐及大嫂。

英淑捧着英偉的遺照，神情肅穆。

記者群又引起一片哄動，爭相拍照。

此時，天空上突然掉下白色的小粒子。

旁觀者甲君說：「下雪了，十月中下雪，很罕見呢！」

眾人紛紛伸出手接雪花，感到十分寒冷。

英淑看一看天上飄雪，然後肅穆繼續前行。

英淑畫外音：「弟弟，現在開始下雪了，你是我永遠的弟弟，我是你永遠的姊姊，好好睡覺，姊會給你溫暖，好好睡！」

眾記者一直爭相拍照。

集團的主席辦公室，佈置華麗而寬敞，陳主席重重吸一口雪茄。

英明站在他對面，神情恭敬。

陳主席微笑地說：「你找我有事嗎？」

「是的！」英明點頭道。

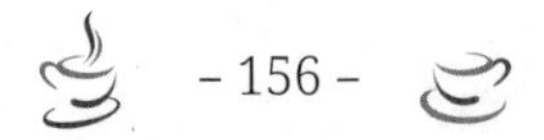

主席用力拍打桌面一下。

陳主席認真地說：「你不找我，我也想找你，一直以來，你都沒有跟我說，你有一個做社團大哥的弟弟！」

「跟工作無關，所以沒有說。」英明平淡地說。

陳主席興奮地說：「絕對有關，因為這樣，我決定你是升 CEO 的人選。」

英明錯愕了。

英明不解地說：「為什麼？」

陳主席大條道理說：「集團未來會在海陸空物流發展，這都是有黑箱作業的，你有社團關係脈絡，對集團有利，業務會無往而不利，哈哈哈哈！」

英明從懷中取出一個信封，恭敬地遞交給陳主席。

「這是什麼？」

「辭職信！」

「你想清楚了！」

「這是我的決定，我不是騎着死去的弟弟來上位的人，告辭了。」英明正能量地說。

陳主席不大相信地說：「你發神經病嗎？」

英明頭也不回離開主席辦公室。

一個月後。

古老吊鐘指着下午三點，靠牆櫃上放了英偉的靈位。

英淑與一位衣着端裝的中年婦人握手，兩人似是初次見面，村長見婦人找對了人，便打招呼走出去了。

（以下是日語對白）

「閣下是——？」英淑禮貌地打招呼。

「山口雪子，來自日本青森。」雪子點頭微笑說。

英淑突然想起說：「啊，雪子，弟弟說到嘴邊，但他記性退化，忘記你們的事情了。」

雪子期待着說：「他人呢？我想見他！」

英淑傷感說：「一個月前走了！」

雪子感到錯愕，面色一沉。

雪子傷心地說：「怎會這樣，他本來是好好的？」

英淑陽光地說：「腦袋大量出血，中風走了！只是很短暫的痛苦！」

英淑向雪子示意英偉的靈位。

雪子婉惜地說：「太可惜了，我可以上炷香嗎？」

英淑點頭，協助雪子拜祭英偉。之後，雪子有點傷感地摸一摸英偉的遺照。

兩人又打對面坐在沙發上。

英淑直接地問：「請問，英偉跟雪子小姐是什麼關係？」

雪子憶述說：「我租了一個房間給他，他很好人。」

「你們有沒有戀愛？」英淑關心地問。

雪子率直說：「有談過一陣子，後來感到異國戀未必有好結果，便只保持朋友關係。」

英淑客氣地說：「明白，你思想非常成熟。」

「他在日本是送貨的，這些粗活很容易賺錢，平日很節儉，三個月前他開始記憶力衰退，他說想家，便返回香港了。」雪子緩慢地說。

英淑致謝說：「他在日本的時候，多得你的照顧。」

「談不上照顧，反而是我做錯了一件事。」

「人都走了，你不用歉意。」英淑大方地說。

「是這樣的！」雪子從包裡取出一封信給英淑。然後再說：「兩年前他拜託我，寄這封信給你，我竟然冒冒失失的，放到櫃桶裡沒有寄出，真抱歉。」

「沒事，沒事，留下來吃晚飯吧！」英淑熱誠地接過信件說。

「我看不行了，我要趕飛機，的士司機還在等。」

「明白，我送雪子小姐到村口吧！」

「也好，也好！」雪子恭敬地回應。

古老吊鐘指着上午十一時。

吹微風的日子，風鈴偶爾響起。

英明坐在飯上的主家位，他旁邊是大嫂及六姐，另一邊則是英淑及小俊。

桌上放着雪子帶來那封信及一把剪刀。

「英淑，打開信！」英明簡明地說。

英淑小心剪開一個信口，抽出兩頁紙的信，當中滑下一片紅葉。

「有一片紅葉！」小俊好奇地說。

英明建議說：「就由小俊，把英偉的信讀出來吧！」

各人正襟危坐。

小俊打開信紙，開始朗讀……

「哥哥，姊姊，各位親人。」

「不見快有十年了，讓你們擔心，我現在在世界一個温暖的角落，活得很充實，也很幸福，請你們安心。」

（如果是電影，導演請由此處起，轉為用英偉的聲音頌讀。）

「哥哥，從小到大，你唸書很聰明，年年考第一，又大學畢業，在大集團工作，或者你也感覺到，我一直以你為榜樣，我很努力以你為我的學習對象，礙於我不聰明，文化水平不高，我努力了，我很努力，但都沒有你成就的十分之一。很抱歉，從小到大，我一直都令你蒙羞，真的很抱歉。」

「大嫂，哥哥是一個大男人，又不愛認輸，又不輕易表達情感，我感覺你是一隻長期受委屈的小貓，而且有持久的忍耐力。請不要這樣過份溺愛一個笨蛋，也不要忍耐，如果忍受不了便回娘家，沒有他你也能生存下去，我支持你，絕對支持你，何況，我估計不到七天，他便會把你接回家，因為沒有你，他不能生存下去。」

「姊姊，從小到大，我都不思長進，誤入歧途，為你添了不少麻煩，每次令你心痛之後，你都原諒我，只是以前我不懂得珍惜，現在我應該懂了，希望時間不算太晚。爸媽走後，要你也擔任他們的角色，給了我很多很多的温暖，有你這個姊姊，我才有幸福的感覺，請接受我衷心的感謝。」

「小俊，如果我沒有記錯，你快十二歲了，應該準備唸初中了，可能你對舅父的印象模糊，甚至有陌生的感覺。不打緊，你年紀還小，我會明白的。過去五年，我每個月都習慣儲蓄，是為你儲蓄上大學的學費，如果你不上大學，就當是你長大成人，找到優秀對象結婚的費用吧。」

「六姐，如果你還未離開雜貨店，也快幹了十五年，我也會把你視之為家人。我喜歡你粗魯及聲線洪亮，可以震懾壞蛋客人，我想你再惡一點也是可以的，因為姊姊太善良了，常常被客人欺負，所以如果你還在雜貨店幹，我便放心了。」

「各位，我愛你們，也開始懂得珍惜你們，但，我始終希望有機會親自向你們表達，十分感謝你們。」

「最後，我不得不再向你們再坦白一點，我現在在日本的青森縣，生活得很好，在這裡再次向各位慰問，勿念。

英偉 2020 年 10 月」

「補充：紅葉是給姊姊當書簽的，因為你愛看書，如果掛念我，就看看這片紅葉吧！」

讀完信，眾人已流下熱淚。

英明婉惜地說：「原來兩年前，他是熱誠地惦掛着我們。」

英淑飲泣說：「他寫這信時，應該感到很寂寞。」

「英偉真的很可憐！」大嫂哭着說。

六姐及小俊垂下頭沒有發言。

英淑積極地說：「人都走了，英偉在天國，是希望看到我們開心幸福的，大家不必苦着臉，不要令他失望。」

小俊：「對！」

六姐：「對！」

英明也陽光地說：「說的也是，要不，我們農曆年去濟州自駕遊，探望爸爸媽媽，把英偉帶着一起去，一家人又再團聚！」

大嫂附和地說：「好温暖的建議啊！」

英淑感動地說：「太好了，我現在感到好温暖！」

小俊雀躍地說：「耶！萬歲，萬歲！」

—全書完—

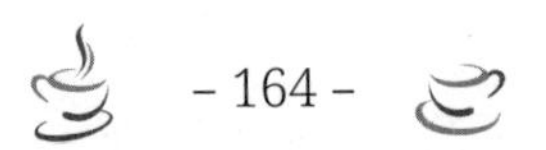

第十章：增補篇（電影版本專用）

（以下以電影劇本方式撰寫）

士多外，有多人用耳朵靠近閉上的大門上，似在竊聽什麼似的。

包括六姐、小俊、村長、定邦、定國、定富、四叔及四嬸等。

大廳內擺放一株約一米高的聖誕樹，佈置得色彩斑斕，幾串燈飾閃出不同光彩，頗有聖誕氣氛。

英淑跟王導演在飯桌旁對坐，王導演的鼻樑依然是上掛着墨鏡。

沙發上仍是助理 A 君及 B 君。

王：「上次多謝丁小姐的配合，電影籌備的工作得以順利進行！」

淑：「順利就好，你們很有幹勁。」

王：「都是為了電影好。」

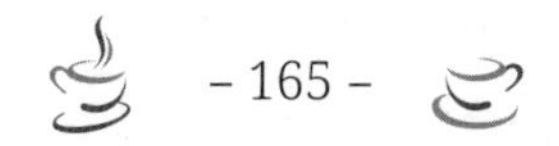

淑：「打算什麼時候到這裡來拍攝？」

王：「應該用不着打攪你們了，由於這房子內的戲份實在太多太多，所以，我的團隊決定在攝影廠建搭一個，跟你家一模一樣的實景，工作會更加方便，也不用打擾你們。」

淑：「這樣的安排很好，那麼，你這次來的目的是……？」

王：「啊！我想邀請丁小姐演電影的女主角！」

英淑有點愕然。

淑：「啊……，女主角？為什麼？」

王：「丁小姐的外貌及氣質，跟劇本裡描繪的，簡直是同一個人。」

淑：「很抱歉，我不會演戲。」

王：「不打緊，我和我的團隊會特別照顧丁小姐，保證不會令你感到有壓力。」

淑：「我怕…，會浪費你們的膠卷！」

王：「沒事，膠卷本來就是為電影服務的。」

王導演站起來，誠意拳拳地作九十度鞠躬。

王：「丁小姐，求你答應！」

英淑有點被感動。

淑：「你…，你先坐下來慢慢說！」

王導演緩緩地坐下來。

淑：「請問…，你們想我演什麼角色？」

王：「一個姊姊！」

淑：「那……，請問哪位演我弟弟？」

門外兩下敲門聲。

淑：「進來吧！」

有一名男子推門而入，他裝扮端正，進來的同時禮貌地鞠躬，他是梁朝偉。

英淑有點錯愕。

王：「就是他！」

梁：「我可以坐下嗎？」

淑：「請坐，請坐！」

梁朝偉斯文地坐下來。

梁：「我是梁朝偉，丁小姐好！」

淑：「你好！」

梁朝偉兩手放到自己眼前，像拍照般似的做了三、四次手勢。

英淑有點害羞。

梁：「太像了，太像劇本裡我的姊姊，那種深層爾雅的氣質，找不到第二個了！」

王：「丁小姐，你看，Tony 也這樣說。」

淑：「看到梁先生，我的壓力越來越大。」

梁：「導演，如果丁小姐不演，我也會辭演這部片子！」

王：「我真難為……。」

梁：「姊姊，你就答應他唄！」

淑：「抱歉，請讓我，讓我考慮一下！對，你們的片是什麼主題？」

王：「片名《似水年華》，主題是姊弟情！」

淑：「明白，給我考慮三天吧！」

王及梁：「好！」

士多外，眾人仍在偷聽。

六：「接啦！接了便是大明星！」

俊：「那我便是星二代！」

村：「我們這條村，將要出一個大明星！」

鏡頭拉 wide，偷聽的人已增加至二百餘人，當中包括傻榮、杜sir、醫生、虎哥等曾演出的演員，甚為壯觀。

拉wide及till up，見天空白雲。

Dissolve（淡出）至此下Flip Card（告示咭）。

Flip Card共長十五秒，前七秒是黑白，後八秒漸變為彩色斑斕。

Flip Card 內容

愛
是人生的必需品
愛令人溫暖
也是生命中的繁花
我們的生命
不再是一齣黑白電影

Dissolve（淡出）

音樂:老鷹樂隊的 Desperado。

片尾勉勵表情 X 20 人(Medium Shot)

每人八秒,共約 160 秒。

每人可挑選以下其中三款勵志表情:

1. OK 手勢
2. 單左眼微笑
3. 右手做加油手勢
4. 雙手做一定得手勢
5. 燦爛開懷大笑

角色包括:

周伯　傻榮　醫生　曹銀姬　金秀惠　定邦　定國

定富　四叔　四嬸　保險經理　村長　山口雪子

杜 sir　林秀恆　大哥雄　班主任　陳主席　虎哥

大嫂　丁英明　六姐　林小俊　丁英偉　丁英淑等

Dissolve(淡出)

影棚內

師傅們忙着打燈及搬道具

鏡頭向左邊 Pan，見英偉 wide shot

英偉坐在一張簡樸的扶手椅上

一身是方便服

鏡頭向他 Zoom In.

偉：「姊姊，就好像媽媽一樣，她會囉囉嗦嗦，有時還重複又重複，真是有點煩人，煩煩煩煩，不過煩得來充滿關懷、照顧、慈愛，如果你有姊姊整天整月整年在你面前囉囉嗦嗦，應該是一件很温暖幸福的事。」

「姊姊，有時又好像一位沒有薪酬的老師一樣，她希望你每天學習及成長，又會向你解說人生道理，循循善誘。你不聽教的話，她會懲罰你，甚至不理會你半天，那半日，你會覺得姊姊是充滿正能量、好陽光、好充實。如果你有一個肯幫助你成長的姊姊，應該是一件很温暖幸福的事。」

「姊姊，又好像一位小情人，她希望你感受到愛以及被愛，她會很出其不意地給你很多很多温柔、浪漫、入骨入肉的温暖，應該也是一件很温暖幸福的事。」

「不是每人都有機會有姊姊，我有一個，已經感受到無比的温暖幸福，我很感恩，感恩生命中有妳。」

「最後要說的是，這本書（這齣電影）是送給全世界的姊姊的，我向你們致敬。」

做一個致敬的動作。

Dim Out.（漸退）

Roller Credit.（工作人員表滾動）

襯底音樂建議：

<1> 大中華地區及華語地區（王菲的《如風》）

<2> 美加及英語地區（山口潤子的 *500Miles*）

<3> 韓語地區（韓語老歌《我愛你》）

<4> 日語地區（坂本九的 *Sukiyaki*）

（或譯《昂首向前走》）

<5> 歐洲，南美及非洲地區

（*La Vie En Rose*《玫瑰人生》）

—*THE END*—

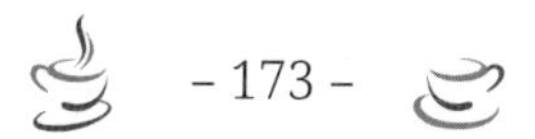

（本故事純屬虛構，如有雷同，實屬巧合。）

水本純作品集

給弟弟一點溫暖

作　　者：水本純
責任編輯：黎漢傑
封面設計：Zoe Hong
內文排版：多　馬
法律顧問：陳煦堂 律師

出　　版：初文出版社有限公司
　　　　　電郵：manuscriptpublish@gmail.com

印　　刷：陽光印刷製本廠

發　　行：香港聯合書刊物流有限公司
　　　　　香港新界荃灣德士古道 220-248 號
　　　　　荃灣工業中心 16 樓
　　　　　電話 (852) 2150-2100　傳真 (852) 2407-3062

臺灣總經銷：貿騰發賣股份有限公司
　　　　　　電話：886-2-82275988　傳真：886-2-82275989
　　　　　　網址：www.namode.com

新加坡總經銷：新文潮出版社私人有限公司
　　　　　　　地址：71 Geylang Lorong 23, WPS618 (Level 6),
　　　　　　　　　　Singapore 388386
　　　　　　　電話：(+65) 8896 1946　電郵：contact@trendlitstore.com

版　　次：2023 年 5 月初版
國際書號：978-988-76892-4-9
定　　價：港幣 88 元　新臺幣 320 元

Published and printed in Hong Kong

香港印刷及出版
版權所有，翻版必究